KB079015

# 암자에서
# 길을 묻다

# 암자에서
# 길을 묻다

초판 1쇄 인쇄 2017년 9월 21일
초판 1쇄 발행 2017년 9월 28일
초판 2쇄 발행 2017년 10월 27일

**지은이** 유용수
**펴낸이** 이재욱
**펴낸곳** ㈜새로운사람들
**교정·교열** 김의수
**디자인** 이정윤
**마케팅·관리** 김종림

**등록일** 1994년 10월 27일
**등록번호** 제2-1825호
**주소** 서울 도봉구 덕릉로 54가길 25(우 01473)
**전화** 02)2237-3301, **팩스** 02)2237-3389
**이메일** ssbooks@chol.com
**홈페이지** http://www.ssbooks.biz

ISBN 978-89-8120-553-9

*책값은 뒤표지에 표시되어 있습니다.

# 암자에서
# 길을 묻다

글 · 사진 유용수

새로운사람들

# 책머리에

삼배를 올린다.

새벽을 깨우는 바람 소리에 오감을 끌어올려 내 안을 들여다본다.

몸에 묻은 더러움을 털어낸다.

습관처럼 찌든 일상들을 위로받고 싶다. 작은 것에 감사할 줄 알고, 소소한 것에 감동할 줄 알고, 스치고 지나가는 인연을 소중하게 생각하며, 미워함과 시기함과 분노마저도 주저 없이 사랑으로 덮을 줄 아는 마음이기를 원하며 거짓 없는 순진함으로 무장하여 가슴속으로 찌들어오는 모든 잡사(雜事)를 내려놓고자 간절한 기도를 뱉어낸다. 찌들고 거칠어진 마음 한구석을 위로한다. 붙들고 있는 욕심과 어리석음, 그리고 분노를 삭여낸다.

덧없는 부끄러움과 낯선 진실들을 짊어지고 늙은 산길을 따라와 수행자와 눈 맞춤하며 나의 내면을 들여다볼 수 있는 곳. 맑은 바람과 한 뼘 햇살만으로도 충분하게 몸이 씻겨짐을 느낄 수 있는 곳이 암자다.

된바람이 서슬 퍼렇게 삶을 겁박할 때, 암담한 어둠에 갇혀 한 발자국도 나아가지 못할 때, 해맑은 수행자에게 가슴 한쪽을 기대어 보시라.

허공으로 흐르는 고요와 땅으로 흐르는 적막함을 온몸으로 느끼며, 고단하게 지친 영혼 위로받기 위해 찾아간 암자마다 서리서리 엮인 인연 앞에 고개 숙인다.

암자의 풍경 소리에 촛불 하나 켜 놓고 수행자의 내면을 더듬던 날들은 내겐 큰 축복이었다. 불쑥 찾아간 여행자에게 넘치는 지혜와 과분한 울림을 주신 스님에게 지면을 통해 두 손 모아 감사함을 전합니다.

빈 마음으로 맑은 풍경소리처럼 한 줄이라도 더 쓰고자 노력했으나 울림이 부족한 글을 읽어주실 독자께 두 손 모은다.


2017년 칠월

지헌산방(芷軒山房)에서 유용수

# 차례

**책머리에**

## 가을볕에 피멍든 암자

## 겨울바람에 곰삭은 암자

# 봄볕에
# 그을린
# 암자

# 남해금산 부소암(扶蘇庵)과 보리암(菩提庵)

남해전경

두모계곡 입구가 부산하다. 등산객들의 틈바구니 사이를 비집고 외롭게 굽은 산길을 더듬는다. 길은 산의 가장 순한 곳으로 터지고, 산을 지키는 콘크리트 말뚝은 오래전부터 뫼산자의 이름표를 새기고 외로운 오솔길을 지키고 있다.

길 가장자리로 삐져나온 진달래가 여린 가지 끝에 꽃 몽우리를 머금고 금방이라도 터질 듯이 몸을 부풀리고 아는 체를 하는 것을 보니 봄은 산으로 깊이 들어 와 있음을 느낀다.

돌담장이 늘어선 길옆 계곡에는 겨울을 토해내는 맑은 물이 시원스럽게 내려온다. 비쩍 마른 비목과 비대한 졸참나무가 듬성이는 비탈진 곳에는 늙은 바위가 젊은 때죽나무에 기대어 있고, 아직도 고드름을 한 겹 한 겹 벗어내고 있는 산길을 거침없이 오르자, 길가에 묻힌 바윗덩어리는 서불과차(徐巿過此)라고 하는 알 수 없는 글을 새기고 누워 있다.

올곧게 뻗은 오솔길을 넘는다. 때죽나무 사이에 박아둔 무양(無恙)[1]이라는 글귀에 발길을 멈추어 있다. 근심과 걱정을 내려놓고 신령스런 영역으로 들어가는 길목이다. 석가는 아난에게 죽림촌에서 마지막 설법을 통해 자등명 법등명(自燈明 法燈明)이라 했다. 수행자의 길이 외롭고, 고통의 길이니 스스로 마음의 등불을 밝히고, 법의 등불을 밝혀 가라고 했다. 고통으로 점철되는 수행자의 인고의 세월을 지나, 무양으로 가는 길이 깨달음의 길이지 않겠는가.

1  무양: 근심걱정이 없다.

해동이 덜된 흙속을 뚫고 꽃대를 밀어올린 얼레지꽃이 아직은 날선 서릿발에 고개를 들지 못하고 있다. 바람은 겨울을 찾는 듯, 철 계단 앞에서 소용돌이를 치며 사람 손길 끊어진 뻥 뚫린 구멍 속으로 파고들더니, 부소로 가는 길을 친절히 안내하고 있다.

철 계단 위에서 서포 김만중이 유배 와서 사씨남정기와 서포만필을 남겼다는 노도와 앵강만을 찾다가 푸른 쪽빛에 눈이 시려오더니, 부소는 불쑥 솟아 오른 바위에 녹슨 철문이 기댄 채 오가는 사람들을 친절히 맞이하고 있다.

부처의 영역으로 들어가는 돌계단을 조심스럽게 오른다. 성곽을 싸놓은 듯 가지런한 돌담 위로 붉은 양철을 뒤집어 쓴 낡은 건물 한 채가 흰 연기를 토하고 있다. 자장개비 타는 부뚜막 무쇠 솥에서 물 끓는 소리만이 적요(寂寥)한 암자를 누르고 있다.

돌계단 난간에서 보이는 이곳이 아라한(阿羅漢)의 기도 도량 부소암이다. 부소로 오르는 계단은 정숙을 강요하지만, 나도 모르게 탄성이 새어나오는 것은 어쩔 수 없다. 탄성은 연기에 휩쓸려가고, 부처의 가피만이 문틈 사이로 삐져나온다.

평상에는 찾아오는 길손을 위해 부소가 내놓은 최고의 공양물 과자가 놓여있다. 녹이 덕지덕지 붙은 양철을 뒤집어 쓴 남해의 꽃자리에서 바다를 내려다본다. 지혜의 등불을 밝혀온 이 늙은 암자에서 지친 일상을 하루쯤 내려놓고, 차오른 잡념과 적지 않은 욕심을 차분히 밀어내고 싶다. 바다를 향해 뻗은 한 자락 산줄기가 바닷물 앞에서 고개 숙인 가장자리에는 다랭이 논이 순하게 타고 올라와 오래전 살다간 거

무양 목장승

친 삶의 흔적과 오늘을 살아가는 삶이 실핏줄처럼 이어져 있다.

30년 동안 금산에 등불을 밝혀온 선조 스님이 공양을 마치고 평상에 앉는다.

"경치를 무어라고 표현하면 좋습니까?"

"좋습니까?"

"2년 전에 특별보존지역으로 30년 동안 묶여있던 곳을 솔선하여 개방했습니다."

"그런데 불쑥 불쑥 찾아오는 산객들이 너무 많아 조금 힘에 부칩니다."

담벼락에 쌓인 낙엽들을 쓸어 모으고 나서 암자 뒤편 바위를 가리키며, 코끼리가 거북이를 등에 업고 남해바다를 바라보는 형국을 설명한다.

부소암 두모길

기묘하고 절묘하게 닮았다. 어제도 K, Y 두 방송국에서 촬영을 했다고 하면서 수행자의 공간이 너무 노출되다 보니 조금은 불편해하는 것 같다.

석가여래와 16나한이 봉안되어 있는 인법당에서 흐르는 향기가 맑고 곱다. 느지막이 천장 낮은 법당에 들어와 바다처럼 정갈한 수행자의 공간에서 한참을 더 머물다 돌계단을 내려가니, 아직 떠나지 못한 겨울의 잔상이 발에 엉기어 봄을 탓하고 달라붙는다.

하꼬방 같은 인법당에 자장개비를 밀어 넣는 해맑은 선조 스님의 미소를 봄 햇살이 창궐한 바윗돌에 앉아 더듬고 있을 때, 철사다리 앞에서 길을 놓친 바람이 등을 밀고 있다.

푸석한 봄바람으로 겨울을 벗어난 보드라운 길에 익숙해질 무렵, 누렇게 누운 풀밭 헬기장을 지나자, 산밭이 퇴비를 보듬고 무얼 심을 지를 고민하고 있다. 산 밑 올벼쌀 논배미에 찬물을 가두던 논과 밭이 때 밭이 되어 묵혀 있던 산 아래 논밭을 보고 올라와서 그런지 더 가까이 다가온다. 잔돌이 박힌 비탈길을 내려간다. 웅성거리는 사람들로 발 디딜 틈이 없다.

남해의 법당, 관음의 성지 보리암이다. 신라 신문왕 3년(683년)에 원효가 초당을 짓고 수도하던 중에 관음보살을 만난 뒤 산 이름을 보광산이라 하고 보광사를 지었는데 고려 말 이성계가 백일을 기도한 후 조선을 열고나서 감사의 뜻으로 비단금자를 써서 금산이라 명명하였고 현종 때 와서 보광사를 보리암으로 명명했다는 암자.

금산의 등불 3층 석탑은 용틀임 하듯 내려간 산줄기 아래에서 오밀조밀 살아가는 어리석은 꽃들을 지켜주고, 기기묘묘한 바위덩어리는 새벽을 알리는 법고소리에 깨어나 조용히 산을 지키고 있다.

법당에서 들려오는 목탁소리가 웅성거리는 군중 사이를 헤집는다. 남해의 푸른 끝자락을 바라본다. 천년세월 부처가 앉은 곳, 남해의 성지에서 새벽을 깨우고 꾸벅거리는 범종이 묵직하게 법문을 밝히고 있고, 범종 아래에 묻힌 항아리는 맑은소리를 담고 바다를 잠재우고 있다.

바람이 오래된 바위를 타고 앞마당을 가르고 지나간다. 예성당(禮星堂) 기둥에 도열된 황금색 주련에서 뿜어져 나오는 진리는 보지 못한 채, 오직 관세음보살의 지혜만을 바라는 간절한 염원이 넘쳐나고 있다.

보리암 마당을 벗어난 법문을 절벽난간에서 붙잡는다. 만경대해(萬慶大海)[2]다.

---

2  만경대해: 좋은 일이 바다처럼 있으라.

# 내장산 내장사 원적암(圓寂庵)

내장산 내장사 일주문

내장산 국립공원 가는 길에 이팝나무가 환하게 피었다. 길 너머 산발치에는 봄이 빠르게 타오르고, 봄바람이 지나간 자리에는 꽃들이 덩달아 미친 듯이 피어나고 있다. 백제 무왕 37년(636년) 영은 조사가 처음 지혜의 등불을 밝혔다는 천년고찰 내장사 초입 이른 아침, 내장산을 마중하는 길가 단풍나무는 계곡에서 핀 물안개를 둘러쓰고 있다가 아침 바람에 몸 털고 일어나 어린잎을 흔들며 시름 한 겹 벗겨주고 있다.

일주문 주변에는 게으른 기지개를 켜고 있는 단풍나무에 엉겨 붙은 운무를 아침 햇살에 한 겹 한 겹 벗겨낸 정갈하고 호젓한 일주문을 달뜬 마음으로 넘는다.

온갖 번뇌와 망상을 버리고 법계로 들어가는 일주문에서부터 가지런히 도열된 108주 단풍나무 숲에는, 산새가 먼저 와 청량한 소리로 산을 지배하고, 내장산 맑은 계곡물은 더럽고 탁한 마음 씻고 가라는 듯 소리를 멈추고 흐른다.

몇 해 전, 전기 누전으로 소실되어 다시 중창된 법당이 민낯으로 맞이한다. 법당에는 날선 기도가 이어지고 있다. 무엇이 저토록 간절할까. 무엇을 구하고 있을까. 그리고 움켜쥐고 발버둥 치고 있는 것은 무엇일까.

간절함에 자지러진 법당을 비켜나 쪼개지고 뭉개진 애잔한 삼층석탑을 만나고 있다. 얼마나 험난한 역사 앞에서 무기력했을까. 얼마나 많은 중생들을 위해 희생되었기에 저토록 처참할까. 얼마나 더 많은 희생을 감내해야 부처가 되는 걸까. 굴곡진 삼층석탑을 돌아 나오니 푸른 단풍나무 위에서 게으름을 피우던 오월 바람이 이제야 덩치 큰 느티나무를 지나간다.

내장선원 절구질

　자그락거리는 법당 앞 자갈길을 빠져 나오며 가만히 묻는다.

　"어떤 삶을 살아야 행복한 삶일까. 어떻게 살아야 만족한 삶을 사는
걸까." 물음표를 붙이고 원적암 길을 더듬어 정혜루를 막 벗어나자 절구
찧는 소리에 사부대중 요사채를 목을 빼고 들여다본다. 비구 스님이 인
기척을 느꼈는지 고개 들어 쳐다본다. 말없이 합장으로 답할 뿐이다.

　일중 김충현이 써놓은 현판 아래 대문을 활짝 열어 놓고 스님과 처사
가 요사채 마루에 앉아 고개도 들지 않고 절구를 찧어 대고 있다. 오랜
만에 보는 절구질과 절구소리가 왠지 가난하게 다가온다.

　젊은 어머니는 찻 독그릇에 몇 됫박 남지 않는 겉보리 한 바가지를 퍼
와, 돌절구에 부어놓고 닳아진 절구대가 머리에 둘러쓴 흰 수건 위로
오르내리며 절구질할 때, 어머니의 이마에서는 달구 똥 같은 가난한 땀

방울이 뚝뚝 떨어졌을 것이다.

절구질이 끝나면 구멍 난 곳을 헝겊으로 얼기설기 꿰맨 오래된 키를 까불어 알곡과 쭉정이를 분리하며 키질을 하시던 어머니도 이제는 작두샘 옆 한 귀퉁이에서 몸을 풀어버린 돌 절구통을 바라보며 힘들게 살아온 세월을 어루만지곤 하신다.

요사채 문간을 빠져나온 절구소리와 간간이 새어 나오는 수행자의 숨소리를 들으며 보드라운 산길을 오른다.

그늘이 산길을 파고든다. 영역을 침범당한 사나운 새 한 마리가 요란스럽다. 요란을 떠는 새를 찾아 고개는 돌아가고 눈은 하늘을 가린 오래된 고목나무 끝에서 멈춘다. 키 큰 나무 위에 걸린 흰 구름이 살포시 비켜나자 구름은 계곡으로 스며들고 연초록 잎사귀에 달랑거리던 햇살 한줌이 눈으로 파고들어 순간 어둠을 만든다.

맑은 계곡물이 가라앉은 구름을 밀어내지만 구름은 그 자리에서 흰 개별꽃과 노란 양지꽃, 자주색 각시붓꽃들과 곱게 어울려, 말 그대로 물 흐르고 꽃이 피는 수류화개(水流花開)다.

자박자박 산을 오르지만, 땀이 날 겨를이 없다. 걷다가 멈추기를 수십 번이다. 계곡물에 손을 씻노라면 노란 양지꽃이 눈에 쏙 들어와 어리광이다. 또다시 몇 발자국을 걷다가 맑은 산물에 몸을 맡기니 나는 어느새 내장산 자연 속에 소소한 일부분으로 들어가 있다. 산물이 발목을 채우고 지나간다. 오염에 찌든 몸뚱이가 서서히 씻겨지는지 물에 잠긴 발부터 시리다.

"행복은 어떻게 오는가. 무엇을 버렸을 때 오는 것일까. 그리고 무

**내장사 연등**

엇을 얻을 때 행복이라는 것을 느낄 수 있는 것일까. 소소하게 미
소 짓는 일상 속의 행복을 놓치고 살아가는 것은 아닐까."

그래서 오늘도 고독 속에서 무념의 상태로 모든 것을 받아주는 나만
의 치유처를 찾아가고 있다.

가파른 언덕을 몇 발자국 오르자 뭉개진 물봉선과 노란 씀바귀가 초
점을 잃은 절집을 지키고 있다. 원적암이다.

정묵(靜默)에 쌓인 원적암이 푸른 절벽을 마주하고 천년 호롱불을 밝
히고 있다. 여름날 요사채 창문을 가렸던 낡은 띠 발이 오래전 스님이
떠났음을 말해주고, 댓돌에 놓인 털신 한 켤레만 가부좌를 틀고 암자
를 지키고 있다.

듬성이는 잡풀 위에 암자가 처연하다. 바위를 기댄 채 멀리 떨어진 해
우소는 잡목이 우거져 있고, 급하게 오고 갔을 시멘트 길이 다녀가라는

듯 외롭다. 주변의 다랑치 논이 묵전이 되어 가난하게 살았던 수행자들의 배고픈 흔적이 고스란히 남겨있어 과거의 일상을 더듬게 한다.

원적골에 햇살이 비켜가고 바람이 차오른다.

원적암 앞마당에 그늘이 선명하게 그어지는 시간, 열어둔 법당에 들어가 찾고자 하는 길을 묻고 있다. 값어치 없는 욕심과 혼탁한 생각을 담고 찾아와 법당에 홀로 앉아, 그림자처럼 따라붙는 혼란한 망상을 떨쳐낼 줄 아는 지혜를 얻어 가기를 간절히 소망하며 내려오니, 돌밭에 걸어둔 붉은 연등 하나가 길을 밝히고 있다.

# 바위틈에 둥지 튼 무등산(無等山) 규봉암(圭峰庵)

규봉암 관음전 전경

이 문에 들어오거든 안다는 것은 다 버려라.

입차문래막존지해(入此門來莫存知解)

다 비운 그릇에 큰 깨달음을 가득 채우리라.

무해공기대도성만(無解空器大道城滿)

무등산 뒷골에 꽃불을 하나를 피어 놓은 규봉암에는 사월의 꽃향기가 범종각 법문을 탐하고 관음전 문창살에 머뭇거리고 있다.

증심사를 빠져나오는 계곡물 소리가 유난히 거칠다. 마음이 심란하고 갈피를 잡을 수 없다. 새벽부터 부산하게 몸을 움직여 무등산 증심사 법당에서 나와 가파른 산길을 오른다. 약사사 일주문 앞에는 이미 몸을 내려놓고 가쁜 숨 몰아쉬는 산객들이 절집의 규율과 법도를 잊고 몸 추스르기 바쁘다.

흐트러진 무리 사이를 헤집고 나와 약사사 법당에 들어 산란한 마음을 다잡아 보지만 거칠어진 마음은 쉽게 가라앉지 않는다.

법당 앞 삼층석탑이 나른해진 봄 햇살에 꾸벅거린다. 어젯밤 세인봉을 넘어 찾아온 별들은 어떤 별들일까. 어떤 이야기를 나누었을까. 무등산 꽃등불이 되어버린 약사사. 광주의 아픈 상처를 치료해야 하는 꽃 같은 절집이 되어버렸다. 침묵중인 선방댓돌에는 갇혀진 규율과 제한된 출입이 조금은 낯설어지고 여유와 평온이 숨어든다. 가파른 계단을 오른다. 한 치의 여유도 없이 오르다 보니 불쑥 나타난 세인봉 삼거리가 산객들로 꽉 차 있다.

외가댁에서 뛰노는 철모르는 아이들처럼 마냥 기쁜 젊은 무리들과 머리에 하얀 개별꽃 핀 중년들이 뒤섞여 숨 고르기를 하고 있다. 중머

**세인봉과 삼층석탑**

리재를 지나 장불재로 넘어가는 길에는 뭉그러진 바람에도 산초나무
는 지난 늦가을 다 내려놓은 그대로 봄을 더 기다리고 있다. 널따란 장
불재에서 규봉암 길을 찾는다. 경기도 수원에서 왔다는 부부가 질퍽하
게 봄맞이를 하고 있는 휴게소를 지나 내리막길로 1.6㎞를 가야 한다.

마른바람이 장불재를 넘어가고 있다.

산 아래에 살아온 사람들의 슬픈 흔적들을 숨겨온 장불재가 포근하게 들어와 앉는다. 온순한 곳에 산길은 오롯이 뚫리고, 연하게 움튼 나뭇잎은 어둠을 아랑곳하지 않고 내린 이슬을 이제야 털어내고 있다. 누렇게 누운 산길이 참 온순하다. 아침 일찍 수런수런 걸어볼만한 산책길 같이 친절하다. 너덜을 지나 평상석을 넘보며 무등산 자락을 꾹꾹 밟고 간다.

주변이 조용하다. 이제야 걸어온 뒷길을 돌아보고 앞으로 남아 있는 길을 머릿속에 그려 본다. 내가 가고자 하는 목적지를 다시 확인하고서야 거칠어진 마음이 수습되는 순간이다. 헝클어진 감정과 수습될 수 없는 분노를 일상이 다른 가느다란 실핏줄 같은 오솔길에서 뱉어내고 있다.

달라붙은 집착과 오만이 천천히 떨어진다. 강열한 욕심은 너덜거리며 바람에 씻어간다. 오랫동안 목을 조여 오던 인연 하나를 벗어내고 있는 것일까.

비바람에 삭혀온 석불암 이름표 위를 바람과 구름이 쉬었다 지나가자 법당에서 흐르는 경쇠소리가 산을 재우고 있다.

"땡~그렁, 땡~그렁."

가파른 돌계단 범종각으로 고개 내밀어 들어간다. 단정히 누운 규봉암이 돌밭에서 고즈넉하다.

화순현감이 배가고파 광주고을 원님에게 동지죽 한 동이를 받아먹고 광주로 팔아 넘겼다는 헤픈 전설이 내려오는 규봉암은 행정구역상 전남 화순군 이서면 영평리다. 의상대사가 창건한 후 신라 원성왕 14년(798년) 해인사를 창건한 순응대사(順應大師)가 당나라에서 귀국하여 중창했다고 전해온다.

석불암 가는 표시판

　바위틈에 둥지를 튼 규봉암은 무등산 950m 9부 능선에 신비한 규석으로 되었다고 하여 규봉암이다. 입구에 3개의 바위를 여래석존(如來石尊) 관음석존(觀音石尊) 미륵석존(彌勒石尊)이라 부른다. 또한, 암자를 병풍처럼 둘러친 십대석(十臺石)이 눈길을 머물게 한다.

　풍혈대 바위를 끼어 나가면 총각은 장가를 가고 지옥길을 면하고 세 번을 끼어 나가면 삼재(三災)를 면한다고 하니 내게 닥친 삼재가 힘들게 하더라도 위안은 되지 않겠는가. 관음전 기왓장은 회색빛 되어 병풍처럼 둘러친 바위를 닮아 가고 맑은 공기는 한없이 자비를 베풀고 지나간다.

　문을 열어본 관음전은 적요하다. 이제야 거칠어진 나의 내면을 더듬어 본다. 숱한 갈등과 내재된 불만, 숨길 수 없는 욕심이 얼마나 초라하게 만들고 있는가. 푸석거리는 욕심을 벗어 내고자 몰입하는 삼배는 온몸으로 터지고 염원의 기도소리는 어간문을 빠져나간다. 가지런한 돌담은 지혜를 밝혀 가두고 산을 넘어 흐르는 가피는 어리석게도 보이지 않는다.

규봉암 삼존석

　스님이 분주하다. 손님을 맞이할 시간조차 허락하지 않는다.

　다가오는 초파일을 준비 중인지 연등과 씨름 중이다.

　예약해둔 연등에 불 밝혀진 날, 나는 길을 물을 것이고 그 길을 지혜
롭게 찾아가지 않을까. 암자 밖으로 살짝 몸을 돌려 평상바위에 앉아
안양산으로 내려오는 백마능선과 낙타봉 언저리와 눈 맞춤하고서 규
봉, 입석대, 서석대를 지나 중봉으로 향한다. 광주를 품은 무등산. 사랑
도 명예도 이름도 남김없이 꽃잎 떨어지듯 홀연히 떨어졌던 광주가 거
친 풀밭에 노란 양지꽃 되어 발걸음을 붙잡고 있다.

　고추나무, 산뽕나무, 비목나무도 봄볕에 몸살을 앓고 있는 중봉 가
는 길에서 바람이 세차게 몸을 밀어낸다. 어느덧 햇살이 세인봉을 기웃
거리며 무성한 소나무밭에서 해찰을 부리고 있을 때, 규봉암 관음전에
한 송이 붉은 연꽃 바다에 떠 있다. 일엽홍연재해중(一葉紅蓮在海中).

# 무소유(無所有) 길에 산딸기를 닮은 불일암(佛日庵)

불일암

불일암은 송광사 7대 국사인 자정국사(慈靜國師, 고려시대)가 창건한 후 1975년 법정(法頂) 스님(1932~2010년)이 중창하여 무소유의 삶을 사시다 2010년 서울 성북동 길상사에서 입적하여 송광사 연화대 다비장에서 다비 후 이곳 후박나무 아래에서 맑고 향기로운 삶을 이야기하고 있다.

가끔 오는 길이지만 다른 길과는 다른 감정으로 초입부터 옷매무새를 가다듬고 숨소리조차도 삭여드는 길이 불일암 무소유 길이다.

활짝 핀 꽃들에게 행복하게 사는 비결을 들어보라는 스님의 이야기가 편백 숲에서 뿜어져 나오는 피톤치드처럼 내 몸 구석구석을 더듬듯이 머릿속을 더듬고 있다. 조금만 오르면 노란 씀바귀꽃이 올해도 어김없이 마중 나와 삐죽거리고, 천진난만한 미나리아재비는 비탈진 곳에서 노랑머리를 내밀었다. 코끝을 자극하는 산 더덕은 먹장삼 걸치고 맑고 향기로운 숨결 토하며 오가던 낯익은 발소리를 기억하는지 비탈진 속살을 올해도 더듬는다.

조계산 뒷등성이로 난 산길에는 뜨거운 여름날을 기다리던 나무들이 이미 땅바닥에 내려놓고 산그늘을 만들고 있다. 수런거리는 길섶으로 침묵만이 흘러간다. 질척이던 산길에 햇살도 파고들지 못하고, 바람조차 머뭇거리는 산죽밭으로 몸을 숙여 들어가니 주변은 가지런하다. 온산을 움켜쥔 나무뿌리를 밟고 올라서서 산죽에 가려져 그림자처럼 희끔 거리는 불일암을 본다.

산죽 문턱을 넘어서자 스님이 사용하던 너와목간이 세월의 잡풀을 이고 버티고 있다. 붙여진 판자 속 물통은 물 몇 바가지로 삼복더위를 이겨내던 단순하고 간소한 삶의 주인을 기다리고 있는 걸까.

색 바랜 물바가지는 그 자리를 지키고 청 이끼는 늙어가는 목간에 검버섯 피듯 덕지덕지 피어오르고 있다. 뜰에는 붉은 작약, 고추, 가지, 도라지 등이 30도를 오르내리는 여름 같은 5월 햇살에 비지땀을 흘리며 헉헉거린다.

주인을 떠나보낸 슬픈 흔적을 감추어 버린 상좌 스님의 땀방울이 가지런하다. 돌계단 몇 개를 오른다. 후박나무가 연꽃처럼 피어난 나무 아래에서 맑고 향기롭게 살다 간 한 스님을 뵙는다. 유난히 활짝 핀 꽃들을 좋아하셨다는 스님. 댓돌 위에 가지런히 놓인 흰 고무신이 무염(無染)의 삶을 살다 떠난 주인을 마냥 기다리고 있다. 마룻장을 사이에 두고 굳게 잠긴 방이 물 흐르고 꽃이 피는 수류화개실(水流花開室)이다.

불일암 스님 포행

불일암 빠삐용 의자

　처마 밑에는 기왓장으로 그려놓은 제비꽃을 닮은 꽃들이 스산하게 피어 있다. 암자를 지나 자정국사 묘광탑에서 한참을 여름 같은 봄날에 헉헉거리는 불일암과 마주하며 이야기를 나눈다. 아무것도 가진 것 없고 인적조차 끊긴 암자를 우리는 누가 말하지 않아도 맑고 향기롭게 기억한다. 불쑥불쑥 찾아드는 갈등을 위대한 법문으로 해결하고자 온 것이 아니다. 무소유의 삶을 살다간 흔적을 더듬으며 우리가 가야 할 길을 자신에게 묻고 있는 것이다.

　봄바람이 뜨거움을 끌고 와서 앉은 자리를 덮치고 지나가는 시간, 엉덩이를 툴툴 털고 일어나 암자 속으로 들어간다. 봄 한나절 온몸으로 피었다가 이제 막 토실거리는 매실이 진한 햇살을 삼키고 있다.

　발자국 멈춘지 오래인 듯한 공양간에는 서늘함이 밀려들고 그늘진 쉼터 바닥에는 예전에는 없던 8잎 연꽃이 까맣게 피어 있다. 요사채에서는 스님이 점심공양 중이다. 담장 위에 가지런히 놓인 크고 작은 7개의 질박한 장독대에는 무소유의 삶을 살다간 스님의 흔적을 좇아가는 올곧은 스님을 만나고 있다.

법정 스님은 우리에게 이렇게 말하고 있다.

"진공묘유(眞空妙有)라는 말은 텅 빈 데에 오묘한 것이 있다는 뜻이다. 텅 비우지 않고는 새것을 받아들일 수도 없고, 자기 생명의 우물을 고이게 할 수도 없다. 그래서 선가에서는 입차문내(入此門內) 막존지해(莫存知解)라고 타이른다. 이 문 안에 들어오려면, 다시 말해 진리의 세계에 들어오려면 시시콜콜하게 따지지 말라는 것이다. 이전까지의 고정관념에서 벗어나야 비로소 새 눈이 열릴 수 있다."　　　　　　　　－『맑고 향기롭게』라는 책에서

초파일이 내일인데 암자는 밀려드는 산그늘과 간간히 불어오는 산바람, 소박하게 핀 등심붓꽃만이 고요를 지키고 삼매에 들었다.

상추밭 고랑에 풀을 메다 놓아둔 호미자루에서 수행자의 숨겨진 포근한 일상을 보고 있다. 오래전에 그 자리에서 쭈그리고 앉아 풀을 메던 스님은 한 폭의 묵화로 각인되어 역사가 되었고, 또 다른 수행자가 그 길을 따라 이어가고 있는 것이다.

빛바랜 파피용 의자를 배회하는 배추흰나비를 물끄러미 바라보며 바위에서 자라는 푸른 소나무와 같다고 말한 이해인 수녀님의 말을 나는 오늘 기억한다. 우리에게 많은 울림을 주고 몇 해 전에 떠났음에도 아직도 우리는 찔레꽃처럼 맑고 향기롭게 기억하고, 불필요한 것을 소유하

지 않는 것을 행함으로 무소유의 가르침을 남겼던 스님에게 산딸기가 해를 닮아가듯 조금이라도 더 닮아가고 싶어 한다. 발길은 솔숲 향기 따라 느긋한 걸음으로 외롭게 산을 지켜주는 오솔길을 따라 일상을 털어놓고 가벼운 발걸음으로 내려오다가 문득, 불일암을 돌아본다.

불일암을 다시 찾아갈 날이 있다면 마음을 텅 비우고 가야겠다. 뭇생각 다 내려놓고 가난해진 마음으로 가야겠다. 알지 못함이 가장 선한 것이고, 내 것으로 소유하지 않는 것이 가장 행복한 것이니, 빈 마음으로 찾아와 충만을 구하지 않아야겠다. 불일암에 다시 찾아갈 날이 있다면 '꼭' 한 가지는 내려놓고 가야 할 것 같다. 불필요한 것에 대한 집착을 버리고 가야 할 것 같다. 불일암은 시작과 끝의 교차점에 있으니 가벼운 마음으로 와서 하나라도 더 내려놓고 돌아서야 할 것 같다. 그래야 맑고 향기로운 삶을 살다간 한 은자(隱者)를 더 닮아 가지 않을까.

# 산중 호수에 잠긴 운부암

운부암 불이문

은해사 노송과 마주하고 있다.

봄 햇살이 푸른 솔잎에 내려앉아 무디어진 역사를 끄집어내고 있는 경상북도 영천시 청통면 신원리, 대한불교 조계종 제10교구의 본사 은해사. 809년 혜철국사가 해안평에 창건하여 해안사라고 불렀고 팔공산의 대표적인 사찰이다.

지눌보조국사가 거조암에서 신행결사(信行結社)를 도모했다는 역사가 묻어나는 산사로 가는 반광반음(半光半陰)길이 오랜 세월 깨달음을 구하고자 걸었던 구도자의 길이 아니었을까. 오르막 언덕을 오르는 스님의 흰 고무신 뒷발치에서 풍겨오는 맑은 승방 냄새와 한 치도 흐트러짐 없는 걸음걸이에서 수행자의 올곧은 마음을 읽으며 뒤따라 오른다.

연못 속 구름조각이 암자로 가는 길에 운치를 더하고 있다.

때죽나무 꽃들이 어지럽힌 산자락 끝에 인동초의 줄기가 산을 휘감았다. 흰색으로 피었다가 노랗게 지는 인동초가 금방이라도 향기를 사를 것 같고, 앙큼스런 둥굴레 꽃과 낙엽을 비집고 핀 보라색 구슬붕이가 팔공산 자락에 봄을 알리고 있다.

산발치에는 개별꽃 몇 송이와 말발돌이 꽃이 끝물을 태우는 걸 보니 숲으로 들어온 봄날이 조금씩 비켜나고 있음을 느낀다. 숲은 세상 모든 이에게 공평하게 봄을 보여주고 나누어주기에 아름답다. 계절의 변화에 따라 자연이 꿈틀거리며 생명이 터지는 소리를 이곳이 아니면 들을 수도, 볼 수도, 마실 수도 없는 맑은 향기로 나를 정화 한 후 산중 호수에 잠긴 암자로 들어간다.

이름을 알지 못한 새 한 마리가 회를 치며 산을 깨우자 솔잎에 머물

던 맑은 바람이 산중 호수를 따라 흐른다. 새벽예불 법고 소리에 깨어
난 숲속의 생명은 이곳이 세상에서 가장 편안하고 안락한 어머니의
자궁 속이 아니겠는가. 숲을 헤집는 하얀 나비를 따라와 천하명당 북
마하, 남 운부라는 암자 초입에서 부처가 토해내는 풍경소리에 귀 기울
이고 있다.

　운부암(雲浮庵), 은해사 산내 8암자 중 하나로, 711년(신라 성덕왕 10
년) 의상대사가 창건할 때 상서로운 구름이 일어났다 하여 운부암이라
는 이름이 붙었다는 암자에서는 근세 한국불교의 중흥조로 추앙받는
경허(1846~1912년)선사와 제자 혜월(1861~1937년), 운봉(1889~1946년),
향곡(1912~1979년), 조계종 종정을 3번 지낸 동산스님(1890~1965년)과

운부암 보화루 전경

성철스님(1912~1993년)도 이곳에서 수행정진 했다고 알려져 있다.

산 깊은 호수 돌 위에 올곧게 서 있는 푸른 소나무 한 그루가 이 암자를 이야기하고 있다. 구름은 산중 호수에 빠져 허우적거린다. 바람이라도 불어야 할 것 같다. 조심스럽게 진리는 둘이 아님을 이야기하는 불이문을 지나 마주한 보화루.

한성판윤 유한익이 썼다는 보화루 현판을 뒤로하고 누하진입하여 오르자 눈에 보이는 원통전과 운부난야의 편액은 연암 박지원의 손자인 개화사상가 환재 박규수가 경상감사 시절 썼다고 한 현판들의 미소가 소담하다.

흐릿한 단청을 붙들고 있는 원통전. 자비로 중생의 괴로움을 구제하고 왕생의 길로 인도하는 관세음보살의 가피가 가득한 법당에서 붙들고 있는 욕심과 잡사한 모든 것을 보물 제514호 청동관음보살상 앞에 내려놓고 향불 하나 피워 두 손을 모아 길을 묻는다. 티끌 하나 묻어나지 않는 법당에서 어리석게도 하나를 버리고 하나를 구하고 있다.

또 하나를 토해놓고 또 하나를 바라는 어리석음은 계속된다. 어슷거리는 삶을 붙잡고 일 배를 올릴 때마다 오래전부터 간직한 바램들을 쏟아 내며 108배를 마치자 구하는 것은 사라지고 알 수 없는 눈물과 땀으로 범벅이 된 텅 빈 가슴을 뜯으며 법당을 나오자 검은 구름 몇 조각이 산을 넘어가고 있다.

법당의 우측에 마주하고 있는 운부란야. 댓돌에 벗어놓은 철 지난 털신 한 켤레와 마주하고 있다. 언제 쓸었을까. 비질 자국이 선명하다. 수행자는 무엇을 쓸어냈을까. 혹여, 가슴에 일어나는 잡념 하나, 삿됨

圓通殿

운부암 삼층석탑

하나를 거칠게 쓸어 내지는 않았을까. 화두 하나 붙들고 오갔을 수행자를 지켜본 애잔한 석탑을 지나 보화루에 오른다.

누군가 내게 준 수나라의 지지(知止)의 일간옥(一間屋) 한 구절을 읽고 있다.


千峰頂上一間屋 천봉정상일간옥

산봉우리 꼭대기에 한 칸 집 지어 놓고

老僧半間雲半間 노승반간운반간

반 칸은 노승이 반 칸은 구름이 차지하고 산다

昨夜雲隨風雨去 작야운수풍우거

어젯밤 구름이 비바람을 몰고 가버리니

到頭不似老僧閑 도두불사노승한

끝내 노승의 한가함과는 다른가 보다.


세간의 번잡함을 내려놓고 산사의 가난한 공간에서 정진하는 수행자의 삶을 엿볼 수 있다. 초가집 한 칸에서 욕심 없이 자연 속에서 한가로운 수행자의 삶을 머릿속에 그려본다.

늙은 은행나무 잎에 봄이 덕지덕지 올라와 싱그럽다.

암자는 적요하고 둔중하다. 보화루에 가득한 오월 바람이 울창한 숲을 빠져나와 산을 넘어가자 숲은 흔들리고 산은 나른한 봄 한나절에 숨을 죽이고 있다. 운부암을 지나가는 산물이 은해사의 은빛 바다를 채우는 걸까. 빈 곳을 채우는 바람을 따라 내려가며 길을 또 한 번 묻고 있다.

# 제암산에 묻힌 광불암

장동 하산 전경

곰취잎이 5월 바람에 유난스럽게 한들거리며 반긴다.

걸음을 멈칫거릴 때마다 꽃들은 흔들리고, 땅을 헤집는 금창초와 큰봄까치꽃(큰개불알꽃)이 발길을 붙든다. 바람은 길을 따라 유적하게 흘러 산허리를 벌써 지나가고 있고, 향긋한 꽃바람에 취한 흰나비가 키큰 나무, 키 작은 나무의 경계를 넘나들며 맴돈다. 아마도 봄볕을 더 많이 누리고 싶은 것일까. 오월의 포근한 그리움처럼 곱게 내린 이슬 밭을 털어내고 여유롭게 산길을 오른다. 비탈진 곳에서는 속살을 내보인 산죽이 오월 바람에도 소스라치게 흔들리는 걸 보면 힘들게 버티어온 흙한 줌이 떨어져 나가자 산속의 푸른 댓잎의 생사가 안타깝다.

전라남도 장흥군과 보성군을 경계하는 제암산.

삼정승 육판서가 나온다는 명당과 천석공 부자와 아홉 명의 공신이 나올 자리가 있다는 산. 도선국사의 옥룡자 유산가에 제암산 어느 곳에 왕이 나올 군왕지가 있다고 전해지는 산으로 봄볕이 부융히 내려앉은 자갈길을 오르다가 뒤돌아서 굽이치는 짙푸른 능선을 담아본다. 확트인 전경과 아기자기 이어지는 실핏줄 같은 길에는 뒤엉켜진 우리들의 삶이 꿈틀거린다.

노란 양지꽃이 길 한가운데서 근근이 피었다.

갈증을 많이 느꼈을까. 사랑스러움의 꽃말을 숨기고 꽃은 작아지고 잎사귀도 작아지며 살아남고자 현실에 맞게 변했을까. 영양이 부족했던 것일까. 주변을 둘러보니 산물이 방울방울 맺힌 산도랑 옆 양지꽃은 탐스럽다.

하지만 잔자갈 벗겨진 도로 한가운데에서 누구하고도 눈 맞춤 한번

해보지 못한 이 꽃이 가슴에 와 닿으면서 갑자기 '내 안에 흐르는 삶은 무엇일까.' 조심스럽게 묻고 있다. '어떤 상처 하나가 옹이처럼 자리하고 있을까.' 하늘 창문이 열린 산허리에서 내 안에서 머뭇거리는 길을 찾아 무거운 발걸음을 옮긴다.

장흥군 장동면 제암산 아래 산동마을 오월은 봄물이 흐르고 바람에 적요하다. 오래전, 통일신라 때 창건되었다는 금강사란 절은 어디서 찾을까. 마을에서 구전으로 떠도는 정수암과 연하동 절터, 대밭골 이승암 절터, 도장골 절터, 두릉박 절터, 버드나무 절터, 임진 절터, 중바우, 중둠벙 등 불교나 사찰, 암자 등과 관련된 지명이 마을 주변에 서리서리 굳어 있다.

산을 오르며 꾸역꾸역 데워진 가슴속에서는 더럽혀지고 뒤틀린 속살들을 토해낸다. 비 오듯 흐르는 땀으로 어리석음이 빠져나가기를 간절히 바래보고, 밤새워 짓누르는 모든 잡사 또한, 소나무 한그루가 털어낸 송홧가루로 깨끗이 씻어내고 싶다.

맑은 바람이 길을 내고 있다.

얼마나 오랜 세월 견디다 쓰러졌을까. 수북이 쌓인 너덜바위지대를 따라 오른다. 오래전 흔적들을 위로라도 하는 걸까. 돌계단 아래에 피어난 현호색과 자주괴불주머니꽃이 살랑거리고, 비탈진 곳에는 언제 피었는지 모를 오동나무꽃을 지나 마애미륵 부처 앞에 서 있다.

섬세하게 그어놓았다.

어느 불심 깊은 석공이 진흙밭에 그림 그리듯 한 점 흐트러짐 없이 그려 놓은 마애 미륵부처는 한없는 자비로움으로 산 중턱에서 소리 없

광불암 가는 길

이 불법을 사르고 있다. 돌계단을 오를 때마다 제왕광불사 주지이신 세일대법 스님의 위대한 원력(願力)에 놀랍다.

20여 년 동안 장비 하나 없이 오직 손과 쇠스랑, 괭이 하나만으로 산에 길을 내고 돌계단을 놓아 사라져 간 흔적들을 연결했다고 하니 스님의 번뇌는 다 녹아 사그라졌을까. 오가는 사람들은 아는지 모르지만, 스님이 베푼 공덕만이 말없이 흐르고 있다.

산새 한 마리가 전설을 지키는 걸까.

산새가 회를 치는 곳으로 몸을 밀어 넣자 반기는 것은 곤궁하게 붙들고 있는 비루한 암자의 석축이다. 텅 빈 암자 터에는 깨진 기왓장과 몇 조각 사금파리뿐이다. 누구에게도 알려주지 않고 전설이 되어버린 암자의 내력을 노란 피나물꽃들은 알고 있을까.

비워진 암자 터(세일 대법 스님이 광불암으로 명명함)에 올곧게 새겨진 마애 지장보살, 마애 관세음보살 여래와 길 끝에서 만나는 마애 석가모니 앞에서 한참을 머뭇거린다. 제암산에 창궐했던 불국토의 꿈은 사라지고 늙은 팽나무 한 그루만이 봄물을 빨아올리며 바람에 흔들린다.

초라한 조립식 암자(광불암)는 굳게 잠겨있다.

위건개(충지 스님)가 고려 고종 31년(1244년) 19살 나이에 장원급제한 후 28살까지 관직 생활을 하다가 출가하여 스님이 되기 위해 최초로 수행했다고 전해지는 광불암. 순천 송광사 6대 국사가 된 원감국사 충지 스님이 부귀영화를 내려놓고 세상을 피해서 조용히 살고자 했던 유거(幽居)한 수를 끄집어 내어본다.

첨단선요월 簷短先邀月

추녀가 짧아 달을 먼저 맞이하고

장저불애산 牆低不礙山

담장이 낮아 산을 가리지 못하는 구나

우여계수급 雨餘溪水急

비갠 뒤라 계곡물 급히 흐르고

풍정영운한 風定嶺雲閑

바람이 그치니 고개에 구름만 가득하다.


　늙은 팽나무 아래에는 속계의 잔상을 지워내기 위해 치열하게 수행
했을 자리가 아직도 정갈하게 남아서 수행자의 올곧은 정신을 말하고
있고, 사명대사가 수행했다는 사명암지와 서산대사의 스승인 각민 선
사가 수행했다는 비로암지에서 깨진 기왓장을 매만지며, 바위틈에 핀
희고 흰 바위말발도리 꽃처럼 청초(淸楚)했을 수행자의 비워낸 모습을
상상해 본다.

# 조계산 무양(無恙) 길 천자암(天子庵)

송광사 우화루 전경

승보종찰 조계산 송광사에 발을 들여 놓는다. 무릎을 부여잡은 노모를 모시고 나온 아들딸들이 웅성대는 우화각 대들보 위에 소리 잃고 걸려있는 송광사 유일한 풍경이(風磬) 처연하다. 바람이 길을 물어도 말을 하지 못한 이유를 사람들은 알고나 있는지 모르겠다.

조계산을 빠져나온 맑은 산물이 한료(閑寥)하게 법계와 속계를 가르며 능허교를 빠져나가자 용두는 삿됨을 경계하고, 성글어진 햇살은 가늘어진 핏줄에 붙은 봄의 기억을 깨우고 있다.

용두를 내려다본다. 코에 걸린 엽전 3냥은 무엇을 말하고 있는 걸까. 능허교를 조성하고 남은 돈을 다른 곳에 쓰면 호용죄(互用罪)로 계율에 크게 어긋나기 때문에 남은 3냥을 훗날 보수하거나 새로 조성할 때 보태 쓰라고 걸어둔 것이란다.

등골이 오싹한 정직함과 원칙에 충실한 역사를 보면서 왜 이곳에서만 16국사가 배출되었는지 알 수 있다. 앞으로 2명의 국사가 더 배출될 것이라는 승보종찰 송광사 비림을 바라볼 때면 자연스레 고개가 숙여진다.

치열하게 수행의 삶을 살다간 고승들을 새겨 논 비림의 돌계단 쇠맷돌 앞에서 몸 낮추고 백성의 지엄함을 보고 있다. 조선의 마지막 암행어사 이면상 송덕비가 둘로 쪼개져 비림 입구 쇠맷돌이 되어 있다.

1892년(고종 29년) 이면상은 전라도 지역 암행어사로 임명되기도 전에 송광사 비림에 송덕비를 먼저 세웠으나 어느 해인지는 모르지만 비림에 서 있던 송덕비가 둘로 쪼개져 송광사 부도전 쇠맷돌이 되어 있으니 이 시대를 살아가는 위정자와 고위공직자 등 모든 공무원들에게 무서운 진실을 전하고 있다.

천자암 가는 길

　단풍을 다 떨구지 못한 상수리나무가 삼월 한낮에 불어대는 산바람을 맞대고 산길을 안내하고 있다. 된비알길이 시작되는 곳에서 땀 한 방울을 토해낸다. 다랑치 논 사이로 좁고 가파른 길이다. 산길 곁 편백나무 위로 봄을 끄집고 오는 바람이 날이 서 있다. 무디어진 바위를 베고 누운 소나무 그늘을 찾아 배고픔을 달래고 일어서려는데 터벅거리는 소리에 온신경이 곧추 선다.

　"스님 천자암 가는 길이 맞습니까?"

　"네 맞습니다."

　주변을 둘러본다. 계곡물은 낮은 소리로 내려오고 숲속은 먹먹하다. 좁다란 오솔길 나뭇잎 위로 햇살이 풍경을 만들어 경이롭고, 짊어진 갈등을 내려놓은 것처럼 편안하고 아늑한 길 위에서 서성거린다. 어젯밤, 칼끝 바람이 몹시도 추웠나 보다. 얼어붙은 산길은 3월 초 아침나절 몽글어진 바람에 서릿발이 군데군데 허물어져 발길을 더디게 한다.

　숲속에는 바람에 흔들리는 자귀나무와 눈을 마주친다. 삶이 그렇다. 서로 다른 무리 속에 유난히 힘들게 살아가는 자귀나무처럼 모든 것이 낯설음에 힘들지 않는 삶이 어디 있으랴. 밤사이 나도 검푸른 어둠 속에 엽엽치 못한 삶을 보채다 몸살을 앓았지 않느냐. 정갈하게 굳어 가는 마음으로 계곡물 하나를 넘어간다. 어디서나 쉽게 만날 수 없는 고요를 밟으며 숲의 향기로 기억될 산길을 오르고 있다.

질척거린 길을 지나 운구재에 도달했다.

스님 한 분이 머뭇거리고 있다.

"스님 이곳으로 가면 천자암 가는 길 맞습니까?"

스님은 광주 증심사에서 송광사 선원에 들어 수행 중이며 점심공양 후, 운동 삼아 운구재까지 올라와 인연이 되었다. 운구재 벤치에서 편 하게 스님과 이야기가 이어진다. 법명은 일러주지 않으면서 스님이 되 기까지의 이야기를 털어 놓는다.

세속의 인연 줄을 끊고 중이 되겠다고 하는 자식 앞에서 몇날 며칠 을 몸져누우신 어머니, 하고 싶은 말을 잃어버리고 남몰래 얼마나 우 셨는지 눈두덩이 퉁퉁 부어 버린 아버지를 보았단다. 꽤 오랫동안 설득 하여 어쭙잖게 승낙하였지만 끝내는 각혈을 해버린 어머니 앞에서 감 당할 수 없는 죄인이 되어버렸다는 스님. 출가하고자 집을 떠날 때 어 머니가 천륜을 이기지 못해 가슴 뜯으며 서럽게도 울던 그 모습. 친구 같은 듬직한 아들을 내려놓아야 하는 아버지의 피가 마른 표정을 아 직도 기억하고 있다고 한다.

형언키 어려웠을 마음 하나하나를 설명하면서 동요 없이 무표정하지 만 눈가엔 주체할 수 없는 감정을 더듬고 있다. 수천만 번 오가는 속세 의 감정을 스스럼없이 토해내다가도 끝내는 수행자의 모습으로 돌아

천자암 석비

가는 스님이지만 마지막 한 마디가 가슴이 시리다.

"가끔씩 어머니의 모습이 떠오를 때 면 남모르게 울다가 몸살을
며칠 앓곤 하지요."

수행자의 솔직한 고백에 눈물이 뚝 떨어지고 만다. 눈길을 어디에 둘
곳을 찾지 못하고 땅을 헤집는다. 무엇이 저토록 속세를 떠나야만 했
을까. 무엇이 저토록 간절한 천륜을 산속으로 품고 들어가야 했을까.

"무슨 연유로 스님이 되겠다고 생각하셨습니까?"

끝내 소이부답(笑而不答)이다. 스님의 뒷모습을 보면서 왠지 형언할
수 없는 감정이다.

산중한담(山中閑談)을 마치고서 일어나 길을 재촉한다. 생명이 다한
나무에 누군가 새겨놓은 무양(無恙)이라는 글귀가 선명하다. 근심을
내려놓고 지혜와 자비가 가득한 곳으로 찾아가고 있는 걸까. 암자가 가

까웠음인지 향 내음이 코끝을 자극한다.

입구에는 부처를 부르며 번뇌와 고통을 침묵으로 풀어내고 있는 무거운 돌 하나가 이곳이 금나라 왕자인 담당국사가 창건한 천자암임을 말하고 있다.

조계산 연 밭에 날아드는 꽃벌처럼 암자는 곱다랗게 앉아 있다.

무겁게 내려앉은 법당은 침묵 속에 있고 나한전 한쪽을 차지한 쌍향수(雙香樹)가 유난히 싱글거린다. 굳게 닫힌 염화조실 마룻장으로 3월 한나절 그림자가 서성거리며 경외의 영역임을 선명하게 그어 놓았다. 적요만이 깊게 깔린 법당에 든다. 무상의 그 고귀한 진리 앞에서 초라한 과거로부터 부끄러움을 돌아보며 촛불 하나를 밝혀 놓고 오늘도 한없는 가피를 구하다 연 밭에 머물던 바람 따라 무양(無恙)을 붙들고 산을 내려간다.

# 집착의 짐을 내려놓고 싶은
## 선운사(禪雲寺) 3암자(庵子)

석상암 앞 전경

도솔천 검푸른 마중물이 유난히 졸졸거린다.

솜털을 세운 개울가 버들강아지는 이미 봄을 맞이하고 있고, 몽글어진 바람이 숨죽여 다가와 스며드는 이곳은 백제 위덕왕 24년(577년) 검단선사가 창건한 참회(懺悔)와 발원(發願)의 도량 도솔산 선운사로 3 지장보살이 상주하는 3암자가 있다.

도솔천 물길이 몇 번이나 흐르기를 머뭇거리더니 일중 김충현(一中 金忠鉉)의 글씨가 걸린 일주문 옆 돌 틈을 헤집고 다투듯 흘러내린다. 발길은 안개가 가득한 새벽녘에 희끗거리는 부도전 대문을 넘어, 우리나라에서 가장 아름답다는 부도전에서 추사가 쓴 화엄종주 백파 대율사 대기대용지비(華嚴宗主 白坡 大律師 大機大用之碑)라는 백파긍선(白坡亘璇, 1767~1852년)의 비를 돌아본다.

치열하게 선(禪)을 논했던 백파와 추사의 논쟁을 더듬으며 천왕문을 넘으니 낮달이 꾸벅거리는 시간, 산으로 들어온 스님은 보이지 않고 늙은 석탑만 대웅전을 향해 공배(供排)의 그림자를 드리우고 절을 지키고 있다.

산비탈에 들어찬 동백은 금방이라도 터질 듯 부풀어 올라 발길을 붙들고, 절집을 찾아든 사람들은 지혜(智慧)와 자비(慈悲)를 갈망하며 꾸역꾸역 법당에 들어와 간절한 소원 하나씩을 내려놓고 있다.

선운사를 짓고 남은 부재(不在)로 지었다는 만세루 마루에 앉아 부족한 듯 이어지고, 곧은 듯 구부러진 정감어린 서까래를 바라본다. 검박(儉朴)스럽게 덧대고 이어진 기둥과 대들보를 바라보며 처음 오는 들뜬 마음 가라앉히고 구부러진 서까래에 마음 한 조각 걸어 두고 일어난다.

석상암 오르는 길

인적이 드문 석상암 가는 길이다. 비탈진 녹차 밭 건너 정자 앞에는 지팡이를 짚고 부족한 햇볕에 온몸을 의지하고 있는 노 스님이 하늘을 멀건이 쳐다보고 있다. 젊은 날, 어느 절집 무문관(無門關)에서 칼날 같은 죽비를 내리치며 사자후를 토하던 그날을 기억하고 있는지 노 스님의 구부러진 허리만큼 스님의 그림자는 작아지고 있다.

도랑에는 봄이 아직 머뭇거리고, 겨우내 찬바람을 맞으며 흔들거리던 개나리가 봄바람에 몸살을 앓고 있다. 편백나무 몇 주가 어설프게 암자를 감추어 놓고 길쭉한 돌덩이로 석상암 세 글자를 덮어쓰고 있다. 금방이라도 무너질 것 같은 비탈면에서 비스듬히 박혀 힘겹게 안내한다. 수행자의 향기가 가득한 공간속으로 몸을 쑤욱 밀어 넣는다. 봄볕이 적요(寂寥)하게 정지된 곳, 마음을 열고 들여다본다.

"등산로는 아래로 난 산길로 가야 합니다."

젊은 보살이 인기척을 들었는지 문을 열고 나오면서 안내한다.

오게 된 이야기를 간단히 설명하고 마루에 걸터앉아 보살이 내민 따뜻한 차 한 잔을 두고 이야기를 나눈다.

서울에서 직장을 다니는 보살은 오래전에 이곳을 다녀갔는데 이번에 휴가를 받아 며칠 머물고 있다고 하면서 "스님 말씀대로 세상일 다 잊고 하루하루를 보내고 있지만 불쑥 불쑥 밀려드는 세상과의 인연줄이 쉽게 단절되겠냐?"라고 하면서 며칠 만에 사람을 만나 이야기를 나누고 있다고 한다. 스님은 지금 수행 중이라서 만날 수가 없다.

마당 끝 비탈진 곳에는 해를 닮은 홍시를 토해내고 감꼭지를 틀어쥔 감나무 한그루가 봄을 타는 듯 미동도 하지 않은 채 사천왕수 되어 굳

참당암 삼층석탑

게 서 있고, 마당 한가운데서 자란 오동나무는 학처럼 고고하게 수행하는 어느 스님 열반에 드실 때 쓰이고자 이처럼 맑고 향기로운 곳에서 자라고 있을까?

푸르고 억센 송악이 뒤덮은 평상바위가 넉넉하지는 않지만 초라하지 않는 수행처를 굳게 지키고 있음을 확인하고서야 마른풀 납작 엎드려 봄을 기다리는 마이재로 가는 된비알 길을 오른다.

살찐 산새가 가지를 틀어잡고 요란스럽다. 낯선 자의 조용한 침입을 경계하고 있다. 고목이 썩어 가는 산길에서 산새를 찾으며 물 한 모금 마시고, 봄을 기다리는 숲을 바라보고 있을 때, 계곡에서 겨울을 이겨내던 가시잡목들이 몽글어진 봄바람에 파르르 떨고 있다. 아마도 봄이 오고 있음을 알았나 보다. 계곡물은 고요를 타고 마른 풀 섶을 휘젓고 내려간다.

포갠 바위를 지나자 지난(至難)한 역사 속으로 숨어버린 이름 모를 암자 터 아래, 천오백 년 세월을 견디어온 참당암(懺堂庵)이 대숲에 숨어 부끄러운 듯 다가온다. 대웅전 앞에 힘겹게 자리 잡은 3층 석탑으로 숨죽여 다가가 고단했던 과거의 흔적 앞에 서 있다.

집착의 짐을 벗어 놓고, 남몰래 몸살을 앓다가 화석이 되어버린 소원 하나를 편하게 내려놓고 싶다.

눈길은 명부전 건물로 향하고 있다. 명부전과 응진전이 한 건물에서 동거 중이다. 절묘하게 나누어 놓았다.

6칸으로 지어진 건물에 명부전은 3칸이지만 쌍문을 달아 3칸을 쓰고, 응진전은 홀수 3칸의 구색을 맞추기 위해 쌍문 한 칸을 중앙에 두고 외짝문 두 칸이 절묘하게 받쳐주고 있다. 목수는 어떤 마음으로 이 건물을 지었을까. 혜안(慧眼)에 놀라울 뿐이다.

봄볕이 여유롭다. 스님은 먼저 온 분들과 다담 중이다. 종무소 벽에 걸어진 그림이 문틈 사이로 빼꼼히 보인다. 다연 정미선(鄭美仙) 화가의 담백하게 그려진 당근 한 뿌리와 배추 한 포기그림에서 수행자의 맑은 정신을 훔쳐보고 있다가 자지러지게 내려오는 마중물을 거슬러 도솔암(兜率庵)으로 간다.

동운암 돌절구

간절한 목탁소리가 내원궁 돌계단을 타고 천마봉을 넘어가고 있다. 내원궁지장보살 앞으로 밀려드는 사람들 중에 쪽머리에 비녀를 꽂고 이마에는 주름살이 깊게 패인 등 굽은 할머니가 숨을 몰아쉬고 올라와 내원궁 돌바닥에 엎드려 가슴속에 숨겨둔 소원 하나를 긴 시간 풀어 놓고 내려간다.

무엇이 얼마나 간절할까. 돌계단 밧줄을 틀어쥐고 내려가는 할머니의 소원은 무엇일까.

내원궁 지장보살 앞, 들뜬 소원 내려놓지 못하고 한참이나 머뭇거리다 가난한 촛불 하나 밝혀두고, 내 안에 푸르게 멍들어 버린 욕심과 분노를 조심스럽게 끄집어내어 마룻장에 뜨거움을 토하며 서럽게 울다가 미소 띤 얼굴로 마애여래 앞에 서 있다.

오직 만족할 줄 아는 오유지족(吾唯知足)의 마음과 부족함에 감사하고, 자만에 빠지지 않는 삶을 살고자 오늘도 다짐하지만, 관성처럼 살아온 나의 삶을 여지없이 헤집으며 동운암 앞마당에서 서성거릴 때, 옆구리 터진 돌 절구통으로 봄바람이 조금씩 채워지고 있다.

# 천왕산(天王山) 꽃 등불 은적암(隱寂庵)

천왕산 은적암 일주문

산을 경계하고 바다 끝자리로 난 길가에 자줏빛 꽃 나팔을 치렁거리며 봉황을 기다리는 오동나무가 산모퉁이에서 봄앓이를 하고 있다. 산길에 내걸린 가난한 연등 하나가 긴장감을 풀어놓고 은적암으로 가는 길을 안내하고, 길섶에 노랗게 핀 민들레꽃이 어수선한 마음을 다잡아 주고 있는 여수시 돌산읍 군내리 천왕산 들머리에서 호랑이가 산속에 숨어 바다 건너 화정면 개와 마주하고 있다는 은적암으로 외롭게 난 산길을 더듬는다.

연두색 잎사귀는 산을 채워가고, 밭둑에는 시린 찔레꽃이 며칠 전 봄비에 뭉개져 있다. 홀어머니 홀로 두고 몽골로 잡혀간 고려처녀 찔레의 영혼이 서린 하얀 찔레꽃과 밭둑너머 탱자꽃은 늦봄 햇살을 받아 은은하게 코끝을 자극하고, 야트막하게 불어오는 산바람은 봄기운이 빠져나가는 길을 타고 내려와 와송(臥松)을 흔들자 노란 송화가루는 일주문을 넘어 속계와 법계를 가른다.

그늘 꽃 듬성이는 고샅길로 몸을 쑤욱 밀어 넣자 산새소리가 고요를 깨우고, 계곡물 내려오는 다리 너머 늙은 후박나무가 싱싱한 동백에 기댄 채 곰삭게 늙어가며 암자의 역사를 조용히 뱉어낸다.

고려명종 25년(1195년) 보조국사 지눌 스님이 송광사를 오가며 창건했다는 은적암. 꽉 들어찬 동백나무, 느티나무, 후박나무 틈바구니에서 아미타 부처마저도 꾸벅거리는 극락전 법당에 들어앉아 채워지지 않는 부족함을 채우고자 몸 낮추어 간절함을 토하고 있다. 그것이 욕심이고 집착일지라도 깨닫지 못한 어리석은 자의 푸념이라도 털어놓지 않으면 안 될 것 같다.

달구어진 욕심을 힘들게라도 붙들고 있어야 살아갈 수 있는 지금이 아닌가. 오늘도 부족한 것에 대한 갈증만을 생각하며 내가 알지 못한 소중한 것을 찾지 못한 채 낯선 법당에 들어와 있는 것이다.

정갈하게 다듬어진 요사채 돌담에서 홀로 삼가하고 조심하는 수행자의 신기독(愼基獨)을 보고 있다. 숨이 멎을 것 같은 적요 속에 오직, 부처만이 가부좌를 틀고 범접할 수 없는 지혜의 등불만이 깜박거린다.

돌담장을 기웃거리던 천년 느티나무도 오래된 옛길에서 연두색 나뭇잎을 팔랑거리며 요사채를 기웃거리지만 굳게 닫힌 문짝은 미동조차 없다. 다만, 봄 햇살만이 나뭇가지를 벗어나 공양간 담벼락에 가득하다.

범종각에는 찢어진 법고 속으로 그늘바람이 들랑거리고, 가지런히 쌓아올린 석축 위에 곧게 선 할머니 동백은 깊은 삼매에 들어있고, 할아버지 동백은 극락전 뒤 바위 아래에서 꼿꼿이 암자를 지키고 있다.

암자는 기웃거리는 곳곳마다 속살을 말없이 내주지만 내 것으로 품은 것은 고작 사치스러운 산새소리와 흐르는 물소리만을 담고 범종루 아래 옛길을 더듬어 내려온다.

바람이 길을 가른다.

초입에서 연등을 달고 있는 보살에게 암자를 묻는다.

"보살님 은적암 스님은 출타 중이신가요?"

"네, 주지 스님은 지금 시내에 나가시고 저분이 기도 스님이십니다."

허름한 작업복에 장화를 신고 연등을 달고 있는 스님이 울력이 한창이다.

리어카를 끌고 다니면서 긴 줄에 연등을 달아 전봇대를 오르내리며

은적암 노거수(동백)

걸고 있다. 스님과 길바닥에 앉아 몇 마디 인사를 나눈다.

"워메 스님, 점심공양 시간이 훌쩍 넘어 부렀소."

"먼저 가서 준비할 것인 께 남은 거마저 걸고 언능 오씨오 잉."

공양간 보살의 정겨운 사투리가 산을 타고 흩어질 때 마지막 연등 하나를 전봇대에 묶어놓고 두런두런 이야기를 나누며 리어카를 밀고 언덕길을 오르면서 관성(觀性) 스님이 말을 건넨다.

"어떤 마음으로 이곳에 오셨습니까?"

투박하지만 정곡을 찌르는 물음에 말문이 막히고 조금은 당황스럽고 초라하다. 어떤 마음으로 암자를 찾아 왔을까. 구름처럼 피어오르는 잡다한 생각에 호흡은 거칠어지고 나를 돌아보지 못한 나를 다독여 본다. 리어카는 단정한 요사채 담벼락에 기대어 놓고, 공양주 보살이 주물러놓은 산채 나물로 공양을 마치고나서 다담(茶談)은 이어진다.

"집안에 막내로 태어나서 어머니가 돌아가신 후 늦깎이로 출가를 했습니다."

스님의 조금 떨린 목소리와 얼굴에서는 뜨겁게 그리워하는 어머니를 한눈에 읽을 수 있다. 순간, 공양주 보살도 놀랐는지 침묵을 깨는 넋두리가 정겹다.

"나도 큰아들이 농촌일 그만하고 서울로 올라오라고 난리랑 께요."

"그란디, 이렇게 공양간 보살로 살아가면서 자식들을 위해 매일 기도하며 살아가는 것이 나는 더 행복한디…"

방안 가득 보살의 마음이 진하게 흐른다.

"스님, 아름드리 동백이 좋아서 범종각 앞 동백을 할머니 동백, 극락전 뒤 동백을 할아버지 동백이라고 붙여 놓고 보았답니다.”

“작년에 동백기름을 많이 짰습니다. 동백꽃이 필 때면 장관이지요.”

「은적암에는 석양에 물들어 피어난 동백이 있다. 골짜기를 흐르
는 맑은 물에 머리를 감은 후박나무와 팔백 년을 타 오르는 향
내음이 작은 은적암을 감싸 안는다.」

- 장승진의 시 &lt;은적암&gt; 중에서

스님과 두런두런 암자의 속살을 살핀다. 극락전 주련을 읽고 대문을
벗어나자 스님이 가볍게 말문을 연다. 후박나무 아래 길게 누운 댓돌
을 가리키며 “작년 겨울 눈 내리는 새벽녘에 저 댓돌에 앉아 졸졸 흐

**은적암 댓돌**

르는 산물소리를 들으니 그렇게 좋을 수가 없었다."며 언제 하룻밤 묵고 들어보라며 아쉬운 합장을 나눈다.

겨울이 깊은 새벽시간, 꾸역꾸역 채워지는 잡다한 집착과 번뇌를 온몸으로 끊어냈을 수행자의 고독한 삶의 일부분을 스스럼없이 들려주며 하심함소(下心含笑)로 합장하는 스님 앞에 깊게 고개 숙여 합장할 뿐이다.

늦깎이 수행자의 맑고 향기로운 미소를 기억하며 내려온다.

오늘 부족한 것에 대한 갈증만을 생각하고 내려놓지 못한 욕심을 짊어지고 와서 속세의 오래된 지인처럼 평범한 일상과 대면하지만 스님의 깊은 내면에서 흐르는 둔중한 마음을 어찌 가늠할 수 있겠는가.

산길에 내걸린 연등 하나를 보고서야 스님이 물었던 질문이 철퍼덕 가슴을 덮친다. 어떤 마음으로 왔을까. 속살을 비운 연등 하나가 붉게 피었다.

# 하늘이 감춘 땅 월출산(月出山) 상견성암(上見性庵)

상견성암 전경

물안개가 핀 저수지를 지나 벚나무 길을 돌면 호남의 소금강 월출산 자락에 호랑이가 앞발을 들고 포효하는 대 명당에 도갑사가 있고, 깊은 산을 더듬어 더 들어가면 하늘이 감춘 상견성암이 곰살스럽게 굽어 있다.

동에는 불국사, 중앙에는 갑사, 서에는 도갑사라는 말이 있다. 으뜸이라는 상징성이 큰 갑자(甲字)다. 주차장 건너편에 늙은 팽나무가 천년 절집을 묵묵히 지키고 있고, 일주문 밖으로는 도갑사 정화수가 계곡을 타고 새어 나온다.

돌계단을 올라 국보 제50호로 지정된 해탈문을 넘어 보제루를 누하진입(樓下進入)하니 가만히 내려앉은 대웅전 앞 5층 석탑은 한 걸음 한 걸음 깨달음의 길로 가는 수행자의 등불이 되고, 물욕이 가득한 산 밖 사람들의 길잡이가 되고 있다.

대웅전 뜰 앞 고목을 지나자 금방이라도 쏟아질 것 같은 먹구름이 가득하다. 삐걱거리는 법당의 문고리를 열고 들어가 품고 간 염원 하나를 조심스럽게 내려놓고 삼배를 올리고 나온다.

물 냄새가 코끝을 자극하는 용수폭포 위 용화문으로 고개 숙이니 미륵전에서 3미터 높이의 거대한 석조여래부처가 비를 잔뜩 머금은 바람에도 호남3갑의 으뜸인 도갑사 경내에 자비를 베풀고 있다. 평온한 산죽 길을 타고 들어오는 바람은 습기를 가득 머금고 있다.

금방이라도 비가 쏟아질 것 같은 대숲에서는 대나무 부딪치는 소리가 훼방꾼이라도 맞이하는 양 요란하다. 떨어진 댓잎은 숲에 머물며

**상견성암 가는 길 맷돌**

빈손으로 찾아온 나에게 암자는 어디쯤인지 관심도 없이 호젓한 여유를 내주고 있다. 두꺼운 먹구름을 뚫고 암자로 간다.

헐떡이는 심장을 괴석에 앉아 물 한 모금으로 가라앉히며 남산제비꽃을 고개 숙여 만난다. 숲에 널브러진 돌담은 칡넝쿨이 휘감고 있고 잡풀이 무성한 터는 치열하게 살다간 수행자들의 흔적조차 할퀴어버린 이곳이 하견성암이고 좀 더 올라가면 붉은색 솔잎에 쌓인 곳이 중견성암 터다. 역사 속으로 실핏줄처럼 이어오던 생채기난 수행자의 터를 지난다.

산들은 나약한 곳으로 길을 내지만 월출산은 거칠고 험한 곳으로 굽이 치고 꺾어 든다. 한참을 올라 맷돌바위를 발견한다. 낙엽을 눌러 쓴 맷돌바위가 쓸쓸하다. 한참을 어루만지며 고단했던 옛 수행자의 옹골찬 모습을 상상해 본다.

배고픈 흔적을 고스란히 담고 홀로된 맷돌바위에서 긴 숨 토하며 비탈진 산길을 오르자 눈앞은 노적봉이고 그사이에 가부좌를 틀고 있는 이 암자가 도갑사와 같이 천년을 함께 해온 상견성암이다. 정랑 하나가 거칠게 내려와 순하게 뚫린 평탄한 길에서 멈추라고 한다. 수행자의 집으로 가는 길이다. 발걸음을 낮추고 숨소리를 죽여 돌계단을 오른다. 참 곱게도 늙었다.

도선국사, 초의선사의 수행처, 그리고 무주당 청화 스님이 장좌불와(長坐不臥) 수행과 목숨을 건 일종식(一種食)과 3년을 묵언수행했던 수행처가 아닌가. 색 바랜 지붕 위로 구름을 토하듯 흰 연기가 몽글거리며 노적봉으로 흐르고 있다. 아궁이에 검불을 밀어 넣고 있는 스님이 공양간에서 인기척을 들었는지 손을 툭툭 털어내며 말없이 합장으로 맞이한다.

"스님, 출입금지라고 쓰여 있어 무거운 발걸음으로 왔습니다."
라고 인사를 건넸다

"여기까지 오셨는데 둘러보세요. 이곳은 수행공간이라 아무것도
없습니다."

초연한 수행자의 얼굴에는 포근함이 깃들어 있다. 아랫단에 둘러친 바위에는 "천 개의 봉오리는 빼어남을 자랑하는 용과 같고(千峰龍秀), 만개의 계곡은 호랑이들이 서로 다투는 듯하다(萬嶺爭虎)."라는 글귀를 새기고 암자를 호위하고 있다.

머리를 들어 눈 치켜뜨고 암자를 올려다본다. 서옹 스님이 구름 한

점을 찍어둔 상견성암 현판글씨가 누렇게 말라 늙은 암자에 힘겹게 붙어 법문 한 줄과 선문답을 전하고 있지 않는가.

일상으로 파고드는 갈등을 내려놓고 싶어진다. 집착을 내려놓고 빈손이길 빌어본다.

어디선가 보는듯한 낯익은 손짓처럼 정감이 넘쳐나는 암자. 더 둘러보고 싶어도 둘러볼 것이 없다. 수행자의 공간은 항상 가난하다. 가지고 간 공양물을 한 뼘 마루에 내려놓고 돌아서려는데 "이곳까지 오셨으니 부처님은 뵙고 가셔야지요."라고 하신다.

인법당 문고리가 삐걱거리며 열린다. 비명조차 지를 수 없다. 탄성은 목에 걸려 터지지 않는다. 쉽게 넘어갈 수 없는 문턱 앞에서 넋을 놓고 바라본 인법당 내부, 세속의 먼지조차도 허락하지 않는 정갈함과 빛바랜 먹물 승복 한 벌, 그리고 월출산에 천년을 밝혀온 촛불 하나. 이곳이 바로 월출산을 밝혀온 지혜의 불이다. 앉아 있기에도 부끄러운 인법당에서 욕심 가득한 나의 삶을 내려놓는다.

이곳 인법당에서는 모든 것이 헛되고 헛된 것 같다. 그 어떤 가치와 권력도 이곳에서는 한줌도 되지 않을 것 같다. 그 많은 것을 짊어지고 무엇을 또 바라고 있는가. 얼마나 더 많은 것을 가지고 있어야, 얼마나 지녀야 부끄러운 욕심에서 벗어날 수 있겠는가. 상견성암 암자에서 내가 바라는 것은 모두 다 허망 인 것이다.

그 어떤 대가람에서 보았던 것보다 위대하고 경외스러운 아미타 부처 앞에서 오만함과 욕심이 낮은 마음으로 교차되는 순간이다. 천둥소리처럼 들려오는 법문 한 줄이 머리에 머물고 있다. 욕심을 끊으면 구

상견성암

할 것이 없다. 단욕무구(斷欲無求). 가만히 인법당을 나오자 서 있기조차 비좁은 마당을 비바람이 휩쓸고 있다.

　"비가 심상치 않으니 여기서 하룻밤 묵고 가세요."

　인법당에서 흐르는 상서로움이 더럽혀질까 두려워 묵고 갈 수가 없다. 스님의 묵고 가라는 걱정스런 목소리에도 바쁘게 비닐비옷 챙겨 입고 문을 나서는데 "비 맞으면 몸에 열량이 있어야 내려갈 수 있다."며 꼭꼭 챙겨주신 초콜릿 2개를 합장으로 받아들고 돌아선다. 대문 앞에서 비를 맞고 미소 띤 얼굴로 고개 숙여 합장하시는 스님, 정랑을 넘어 돌아서서 다시 한 번 고개 숙이니 비 맞은 남산제비꽃이 하얗게 다가온다. 발길이 더디다.

비는 그치고 먹구름을 벗겨낸 햇살이 유난히 초롱거리며 대숲을 지나자 산길은 운무가 가득 채워져 있다.

댓잎에 걸린 빗방울이 '툭' 떨어진다.

햇살은 도갑사 대웅전 꽃 창살에 걸쳐있고, 조각난 운무는 대웅전 앞산을 넘고 있다.

어느새 내안에 별이 되어 버린 암자.

소유하지 않아도 부족하지 않는 암자.

언젠가 둥근달이 두둥실 월출산에 떠오를 때 미소 띤 스님을 다시한 번 찾아가 찻잔에 둥근달을 띄우고 말없이 스님의 미소를 보며 차한 잔을 나누고 싶다. 그러다가 둥근달이 산을 넘어갈 즈음 가만히 소원 하나를 인법당 에 내려놓고 싶다.

바람은 칼끝에 머물러 볼을 할퀴지만 기분은 날아가듯 상쾌하다.

여름
그늘에
묻힌 암자

# 달마산(達摩山) 땅끝에 걸린 도솔암(兜率庵)

도솔암 입구

미황사 대웅보전

　녹음이 짙어진 유월, 땅 끝에 걸린 도솔암을 찾아 나섰다. 우리나라 육지 최남단에 자리한 전라남도 해남군 송지면에는 달마대사의 법신이 있는 미황사가 곱게 늙어가고 있다.

　새벽안개가 걷힐 때 대웅전을 호법하는 수직 암봉과, 대웅보전에서 3번만 절하면 3천 배를 이룬다는 천불벽화, 그리고 저녁 날 아찔하게 피어오르는 황금 노을빛 등 세 가지를 숨겨둔 미황사를 자금색 광채가 서려있는 자하루(紫霞樓)를 넘어, 골골이 주름지고 정갈하게 다듬어진 민낯 대웅보전 기둥을 껴안아 본다.

　사자봉 아래 땅 끝에서 올라온 게와 거북이는 법당을 찾아들다 주 춧돌에서 화석이 되었고, 기둥이 빗물에 썩지 않게 이중 단을 두었으니 가히 천삼백 년을 곱게 늙어가는 이유가 다 있었다.

　나를 먼저 내려놓아야 할 것 같다. 천년을 훌쩍 지난 절대자의 속살을 더듬는데 나는 욕심만 가득하다. 나를 내려놓고 내가 필요한 것이 무엇인지를 찾아갈 때 미황사는 내게 가까이 오지 않을까. 누런 흙밭에 솜털 같이 차오른 욕심을 내려놓고 오래된 절집을 더듬는다.

가지런한 돌담, 정갈하게 쓸어놓은 마당, 돌담을 넘어가는 넝쿨, 달마산 을 빠져나온 청정한 바람, 절집에 내려앉은 흰 구름까지 어느 하나 청징하지 않는 것이 없다. 발걸음이 후미진 숲길을 더듬어 오르니 미황사의 역사가 고스란히 묻혀있는 부도전이다.

조선 숙종 때 대제학을 지내고 후에 우의정까지 오른 차호 민암이 글을 짓고 선조임금의 12째 아들인 인흥군 영(瑛) 아들인 관란정 이우(觀瀾亭 李俁)가 쓴 사적비로 글을 받아 세우려던 시기에 폐비 민씨(인현왕후) 사건으로 민암이 사약을 받아 죽자 중죄인의 이름을 굳이 나타낼 필요가 없다고 생각한 두인(杜忍) 스님이 1692년(숙종 18년) 민암이라는 이름 두 글자를 땅속에 묻혀 세워 오늘도 부도전 앞에서 한 시대의 역사를 고스란히 전하고 있다.

서릿발 같은 법문이 엄습할 것 같은 부도전에서 해학적이면서 포근한 문양에 손길이 쉽게 다가간다. 독짓는 늙은 사기장이 송곳으로 그려놓은 것 같은 그림, 불심 가득한 석공이 주물러 놓은 문양들, 서부도 감파당 부도에는 달나라에서 절구 찧는 토끼, 매달려 있는 다람쥐, 고압당 부도에는 새끼사슴이 금방이라도 뛰어나올 것 같다.

남부도 벽하당 부도에는 게가 쫓고 있는 고기는 물고기인가? 곤충인가? 설봉당 부도에는 "거기 누구요?"라고 금방이라도 문이 열릴 것 같은 쌍문과 문고리, 뒤뚱거리며 걷고 있는 오리, 오직 미황사 부도에서만

달마산 전경

볼 수 있는 기쁨이다. 비워진 부도암 마룻장에 엉덩이를 붙이고 있다.

참나무 나뭇잎을 움켜진 애벌레가 꿈틀거린다. 오래전부터 이 자리에서 태어나 참나무 나뭇잎을 갉아 먹고 번데기로 긴 가부좌를 틀고 들어가 세상을 날아야 하는 숙명을, 애벌레는 지금 새로운 삶을 준비하고 있는 것이다.

참나무는 아낌없이 떡잎을 내어주고 몸을 태우는 햇살을 막아주고, 나뭇가지가 부러지는 비바람을 견디며 키우다, 긴 가부좌를 풀고 나온 날벌레를 아무런 대가 없이 떠나보낼 것이다.

나는 지금 무엇을 찾고 있으며, 내려놓을 것은 무엇일까. 애벌레는 번데기로 변해 다시 날벌레가 되어 하늘을 향해 박차고 날아가지만 우리의 삶은 집착이 붙들고 긴긴 인연 줄에 감기어 내려놓지 못하고 오늘처럼 또 길을 묻고 있다. 소가 처음 누웠다는 옛 통교사 터를 벗어나 숲길로 길을 잡는다.

더위 먹은 소처럼 헐떡거리며 천년 옛길을 걷는다. 소나무 빤히 쳐다보는 외길에서 갯내음을 몰고 오는 해풍에 이마를 씻으며 새벽안개로 곱게 단장한 수직 암봉들은 쏟아지는 햇볕을 떡갈나무 생강나무가지에 몸을 숨기고 있다. 명징(明徵)한 미황사 풍경소리가 천삼백여 년 동안 달마산을 어루만지며 흐른다. 자분거리며 오르는 길이 가파르다. 넝쿨은 키 큰 나무를 감고 오르고, 햇살이 파고들지 못한 숲속에 새들이 후드득 오가고 있다.

떡봉길에서 은은한 향기가 코끝을 자극한다. 가까이 갈수록 분탕질이다. 소나무를 휘감고 햇볕을 향해 오르는 마삭줄 꽃이 만발하여 도솔암 가는 길을 더 아름답게 붙들고 있다. 마삭줄에 엉키어 힘겨워 하는 소나무가 움직일 때마다 마삭 향기는 입속으로 들어온다. 비탈길을 오르내린다.

흙은 부서지고 앙상한 뼈마디만 남은 길을 재촉해 간다. 하늘을 향해 틀어쥔 바위를 디딤돌 삼아 몸을 밀어 넣으니 정숙을 요구하는 이 조그마한 암자를 보고 탄성을 참는다는 것은 불가능하다.

바람은 켜켜이 쌓은 담벼락 돌계단을 타고 흐르고, 구름은 돌담에 막혀 머뭇머뭇 숲속의 오솔길을 타고 피안의 세계로 들어가고 있다.

땅 끝에 바다를 품고 적요(寂寥)하게 멈춘 도솔암.

정유재란 때 왜구들에 의해 소실되어 주춧돌과 기왓장만 남아있던 폐사를 2002년 오대산 월정사 법조 스님이 뾰쪽 바위 사이로 흐르는 바람과 구름을 막아 땅 끝에 32일 만에 중창하였다.

두근거리는 심장을 법당에 내려놓는다. 썩지 않는 씨앗 한 톨을 가만히 내려놓고 조용히 위로받고 있다. 이곳에서 삶의 지혜를 찾고 싶다. 어리석음을 알고 부족함에 감사하는 삶이기를 염원한다.

켜켜이 쌓은 돌담처럼 시리게 견디어 온 암자. 땅 끝에서 넘치지도, 부족하지도 않게 올곧게 지혜의 불을 밝혀 오고 있다.

장엄한 아침햇살 동해에 떠오르고, 적막한 밤바다에 고요히 달 떠 있는 도솔암에 바닷바람이 묻어온다. 나는 오늘 더 이상 구할 것이 없다. 차외하소구(此外河所求)다.

# 바람마저 전설이 된 승달산(僧達山) 목우암(牧牛庵)

목우암

흙 내음이 가득한 날이다. 산딸기꽃이 어디선가 많이 본 듯한 길로 안내하는 것을 보면 내 머릿속에 각인된 어린 추억을 더듬는다.

뒷개 모래밭에서 눈이 빨갛게 충혈되도록 물놀이하고 넘어오던 언덕 길에 산딸기가 유독 많았다. 산딸기가 많은 곳에는 독사가 있다는 소리에 산딸기 하나 따먹기가 쉽지 않았다. 그래도 붉은 산딸기는 솜털이 가시기도 전에 먼저 본 사람이 먼저 따먹게 되어 있다.

추억이 촉 트는 승달산이다.

독사가 있다는 곳에 발을 들여놓지 못하고 까치발을 들어가며 겨우겨우 따먹던 산딸기는 아직 덜 익어 신물과 함께 눈이 감기며 온몸을 스르르 떨던 기억들과 족대를 받쳐 들고 저수지 아래 물레방앗간 주변에서 송사리와 붕어를 잡던 기억이 머릿속에 그려지는 낯설지 않은 길 앞에 서 있다.

유 불 선(儒 佛 仙) 구도자들의 뜻을 이룬다는 승달산은 호남 4대 명당 제1혈처로 98대까지 발복이 이어진다는 노승 예불형(老僧禮佛形)이다. 하늘이 숨겨놓은 천장비지(天藏秘之) 명당이 아직도 주인을 기다리고 있는 걸까.

찰랑거리던 파도가 은빛 포말이 되어 선창으로 찾아와 숨을 고른다. 언덕을 넘어 소나무 숲으로 막 들어서자 솔잎이 그늘을 놓아 푸른 바람이 머물러 있다.

숲으로 바람이 흐른다. 길은 낮은 곳으로 파고들었다.

매봉정자로 파고드는 목포 앞바다 갯내음이 코끝을 자극한다. 흐물거리는 갯바람에 표식조차 없는 매봉에서 뒤를 돌아본다.

**매봉정자 가는 길**

파도는 섬섬이 떠있는 섬들을 오가며 깨우고, 바람은 끈적끈적한 갯
내음과 함께 오래전 비바람에 할퀸 상처를 씻어내며 지나간다.

마음을 비운다는 것은 욕심을 내려놓는다는 것이다. 살아가는 모든
것이 욕심이고 집착 아닌 것이 어디 있겠는가. 자신의 분수를 알지 못
했을 때 탈이 나는 사실이 수없이 쏟아져 나오고 있다. 정화되지 않은
바람이 가득하다. 숨 쉴 여유조차 없이 탐착에서 오는 메마른 오늘의
일상이 또 불어온다.

나는 오늘 숨 쉴 수 있는 쉼터를 찾아간다. 일상의 삶을 경계하고 산을
닮아가는 수행자를 찾아가 때 묻은 나의 일상을 털어내고 싶을 뿐이다.

곱게 뻗은 소나무와 잡목이 조화로운 숲길을 숨차게 오른다. 승달정
정자가 산길에서 흐트러짐 없이 홀로 좌정하고 앉아 있다. 홀로 혼자

있을 때도 행동을 조심하라는 중용의 신기독(愼其獨)을 정자는 실천하고 있다. 때 묻지 않는 먼지를 털어내며 옷매무새를 더듬는다.

사자바위 주변에 묘지 하나가 유독 눈에 띤다. 주변을 살펴보니 비석이 땅속에 묻혀 무언가를 말하고 있다. 독립군에게 군자금을 운운하는 걸 보면 독립운동에 기여한 거 같은데 비석은 땅속에 묻혀있다.

비석은 무엇을 말하고 있을까? 혼란한 현대사를 지나오면서 뒤틀려진 공과를 가끔 들을 수 있다. 올바르지 않는 평가는 혹독하다. 조계산 송광사 비림을 오르는 계단에는 조선왕조의 마지막 암행어사 이면상의 선정비가 둘로 쪼개져 비림의 소맷돌로 사용되고 있다. 부패한 관리의 선정을 낯 뜨겁게 칭송하던 비석은 치욕스럽게 사용되고 있다.

산길은 휘청거리며 산을 지키고 고요를 묻고 뻗어간다. 바위 틈새를 덮고 있는 이끼가 색깔을 감추고 흰 꽃 되어 새벽이슬을 말리고 있는 곳에 목우암이 앉아 있다. 백제성왕 30년(553년) 덕이(德異) 또는 덕예라고 하는 승려가 창건했다고 전하고, 성덕왕 24년(725년)에 서역에서 온 정명(淨明) 스님이 창건했다고 하니 이곳에서 천년을 불 밝혀온 암자다.

고려후기 원나라 감천사(監川寺) 승려 원명국사 징엄 스님 꿈에 소 한 마리가 이 암자에 드는 것을 보고 가보았더니 소발자국이 있어 목우암이라 칭했다고 한다. 흙 담장 안뜰에 짙은 그림자로 봄볕을 쬐고 있는 ㄷ자형 암자, 처마 끝에서 극락정토를 기다리는 풍경은 목조삼존불 아미타불을 지키고 있다.

아들을 낳고자 하는 간절한 마음으로 세운 것 같다는 법당기단 양쪽 돌기둥과 봄볕에 꾸벅이는 석등은 자신의 출생년도를 강희 이십년

신유 명(康熙二十年 辛酉 銘)이라고 음각되어 있어 1681년(숙종 7년)생이니 사백 년 세월이다.

풍경 소리가 단정한 앞산으로 흐른다. 오랫동안 삼학도에 호롱불을 밝혀준 암자 마당 끝에서 퍼렇게 질린 바다를 본다. 적요한 암자를 풍경이 깨운다. 겹겹이 쌓아 올린 흙 담장에 웅크리고 있는 암자를 벗어나 산짐승이 지나간 오솔길을 더듬어 오르자 몇 번이나 소실되었다는 법천사에서 도근 스님과 목우암과 법천사에 대해 두런거린다.

"찌이익~"

산 깊은 곳에서 산 앓이 소리가 들린다. 몇해 전 태풍에 깊은 상처가 덧나 더 이상 버티지 못하고 떨어져 나간 소리다. 놀란 새들이 허공을 가른다. 나뭇가지 부러지는 소리에 언젠가 읽어본 이상국 시인의 <대결>이라는 시가 떠오른다.

목우암 담장

대 결

큰 눈 온 날 아침
부러져나간 소나무들 보면 눈부시다

그들은 밤새 뭔가와 맞서다가
무참하게 꺾였거나
누군가에게 자신을 바치기 위하여
공손하게 몸을 내맡겼던 게 아닐까

조금씩 조금씩 쌓이는 눈의 무게를 받으며
더 이상 견딜 수 없는 지점에 이르기까지
나무는 무슨 생각을 했을까

저 빛나는 자해(自害)
혹은 아름다운 마감
나는 때로 그렇게
세상 밖으로 나가고 싶다

아찔한 솔향을 뒤집어쓴 승달산 갈림길에서 허리 굽혀 애기나리꽃
을 맞이하고서 갯내음이 홍건한 호남선 종착지에서 신록이 뒤덮은 승
달산을 바라본다.

# 백암산(白巖山) 명월흉금(明月胸襟) 천진암(天眞庵)

천진암 백암선원

가르마를 타 놓은 듯이 가지런히 산을 갈라놓은 백암산 백학봉 아래 계곡을 끼고 가는 오솔길이 있다. 재잘거리는 계곡물은 덕지덕지 붙은 이끼에 머뭇거리다 흐르고, 산바람은 계곡 틈바구니를 타고 쌍계루 연못을 흔들자 고려 말 쓰러져가는 나라를 온몸으로 붙들었던 포은 정몽주의 쌍계루 찬, 한 구절을 물속에서 건져낸다.

안개 빛 어슴프레 저무는 산이 붉고,
烟光縹緲暮山紫 / 연광표묘모산자
달빛이 배회하니 가을 물이 맑구나.
月影徘徊秋水澄 / 월영배회추수징

햇살이 어둡게 짓누르고 있는 유월 하순 날, 허리 굽은 둥굴레가 한들거리는 언덕길을 다잡고 오르면서 눈 맞춤한 잘 익은 붉은 뱀 딸기는 가느다란 추억 속에서 아슴아슴 거린다. 어릴 적 책보를 허리에 메고 왕복 십리 길을 걸어 초등학교를 다니면서 수없이 눈썹을 뽑아 주고 먹었던 뱀 딸기다.

도랑물이 졸졸거리는 논두렁이나 밭두렁에는 어김없이 앙증맞은 붉은 뱀딸기가 있었다. 뱀딸기를 먹을 때는 눈썹 하나를 뽑아 주었다. 지금도 왜 눈썹을 뽑아주어야 하는지 알지 못한다, 굳이 알 필요가 없다. 그냥 풋 내음 가득한 추억이다. 뱀에게 물리지 않게 해달라는 주술적 의미가 있더라도 나는 아니라고 우기며 그냥 어릴 적 마음을 미소와 함께 담아 사진틀 속에 오래 오래 가두어 두고 싶다.

쌍계루와 연못

인적이 끊긴 서너 평 남짓한 때갱이 밭 입구에 하얗게 깔린 토끼풀 꽃 앞에서 내 누이가 묶어준 하얀 손목시계를 그리워하며, 발길을 멈춰 과거 속을 어슬렁거리고 있다. 산바람이 고추, 상추, 가지들을 흔들고 지나간다. 유난스레 탐스런 가지 하나가 눈에 들어와 배고픈 식욕을 자극해 온다.

언덕길을 휘돌고 있다. 넝쿨에 휘감긴 먹감나무가 진초록 잎사귀로 풋감을 감추고 해를 마시며 가을꽃이 되고자 하늘로 향해 있고, 도랑가 응달진 곳에는 수줍게 핀 노란 애기똥풀꽃이 해맑게 미소 짓는 이곳은 삼독(三毒, 탐貪진瞋치癡)을 버리고 청빈한 삶을 이어가는 전라남도 장성군 북하면 약수리 백암산에 고려 충정왕 2년(1350년) 각진국사가 운문암과 함께 창건하여 1701년부터 비구니 스님들의 수도장으로 지정된 백암산 백양사 백암선원 천진암이다.

석축을 쌓은 굵은 돌들은 오래전부터 그곳에 있었던 듯 자연과 고스란히 하나 되어 요란스럽지 않게 길을 내고 있다. 유월의 햇빛이 어눌하다. 법당의 서까래를 타고 조심스럽게 내려오는 거미처럼 법당에 들어 앉아 집착과 망상을 끊고자 향불 하나 올려놓고, 내 안에 자리 잡은 탐욕을 뱉어내고 있다. 돌아서면 또 다시 탐욕을 붙들고 비지땀을 쏟을지라도 법당에 들어선 이 순간만은 가지런히 정리된 나의 내면을 정화하여 고요에 묻혀두고 싶을 뿐이다.

중중첩첩(重重疊疊) 둘러친 깊은 골을 가르고 내려오는 산바람은, 부처의 가피를 머금고 삼매에 빠져든 법당으로 들어와 옹골지게 맺힌 간절한 땀방울을 닦아주고 지나갈 때, 아직도 꿈틀대는 집착의 끈을

명월흉금(明月胸襟) 가슴을 열어 밝은 달로 토하고 싶다.

이제는 가지런히 차오른 욕심과 집착을 정리하고 찌들어진 여유를 바로잡아 곰삭은 날들을 가지고 싶다.

"무엇이 이토록 힘들게 하는가."

부질없는 허망에 사로잡힌 부끄러운 삶의 한 조각이 민낯으로 빠져 나오자, 대웅전 처마에 걸린 풍경이 미명을 깨우듯 "뗑그랑~" 멍한 가슴을 깨우며 지나간다.

화중연화(火中蓮花) 속에 묻힌 법당을 나오니 좌탈입망(坐脫立亡)으로 열반에 들었던 서옹 스님이 써 놓은 백암선원 현판 아래 마룻장에 앉아 500년 탱자나무를 바라본다.

**백암선원 탱자나무**

올해도 변함없이 청순한 내 누이의 속치마 같이 희고 흰 꽃을 어김없이 피웠으리라. 그리하여 가느다란 향기는 도량석 목탁소리에 눈 비비고 깨어난 어린 수행자의 가슴속에 파고들어 다시 한 번 불심을 밝혔으리라. 그렇게 탱자는 500년 동안 변함없이 가을꽃이 되기 위해 온몸을 내놓고 적요에 들어있다.

실타래처럼 헝클어진 마음을 다잡고 암자의 속살을 더듬다가 묘백당(卯白堂)이라는 당호가 걸린 요사채 쪽으로 다가가니 불자들과 담소 중인 주지 스님과 눈 맞춤되어 합장으로 인사를 나눈다.

묘백당, 해가 뜨는 동쪽을 바라보고 있다는 뜻이다. 그렇다, 정 동쪽을 바라보는 형국이다. 풍수를 이용한 절묘한 당호다. 여리고 흰 토끼처럼 청초(淸楚)한 비구니의 요사채는 소담스럽게 틀어 앉아 꺼지지 않는 지혜의 등불이 되고자 몸부림치고 있다.

자갈 깔린 마당을 가로지른다.

"자그락자그락" "자그락자그락"

자갈 밟는 소리에 인기척을 느낀 젊은 비구니 스님이 고개 숙여 합장으로 마중한다. 정관주지 스님은 법문을 마치고 찾아온 불자들을 위해 쉬는 시간을 이용하여 다담(茶談) 중에 있어 조심스럽게 마룻장에 앉았는데도 방해 되고 말았다. 스님은 조계종 사찰음식 전문가로 한국 사찰음식 족보를 만들고 전주대 국제조리학과에서 사찰음식을 가르치고 있다고 묘진 스님이 귀띔을 한다.

또한, 뉴욕타임스(NYT)가 2015년 세계에서 가장 진귀한 음식은 덴마크나 코펜하겐, 미국 뉴욕에 있는 것이 아니라 한국에 있는 조그마

한 사찰에 머물고 있는 정관 스님의 사찰 음식에 있다고 극찬했다고 하니 사찰을 오가며 먹었던 절밥이 얼마나 소중한가를 다시 한 번 생각해 본다.

사전에 약속되지 못하고 불쑥 찾아드는 무례함에 죄송한 마음이다. 선약이 있어 일어나는 스님을 배웅하고 묘진 스님과 간단한 이야기를 나눈다.

"백양선원에 들었다가 인연이 되어 2년째 이곳에 머물고 있습니다."

"네, 스님께서는 앳돼 보이십니다."

"출가한지 얼마 되지 않았습니다."

더 물어보아야 할 이야기가 없다. 어떤 깊은 사유(思惟)가 있었을까. 속세의 화려함과 넘쳐나는 풍요, 그리고 갖고자 하는 욕심까지도 다 내려놓고 부처의 진리 앞에 한 치도 흔들리지 않는 수행자의 맑은 눈을 보면서, 어느 봄밤 비바람 속에 몸살을 앓던 꽃봉오리가 다음날 맑은 아침, 막 열고나온 듯한 꽃처럼 청초한 향기를 느끼고 있다.

그렇게 무겁게 짊어진 집착과 망상을 슬그머니 내려놓는다.

위대하지도, 위대하다고 소문도 나지 않았으며 법문 한 줄 말하지 않는 비구니 수행자 앞에다 밤새도록 앓던 몸살을 살그머니 내려놓은 것이다.

편해진 마음으로 스님을 바라본다. 스님은 알았는지 모른 척 고개만 숙이고 있을 뿐 말이 없다.

백학봉 산그늘이 거뭇거린다. 곧게 선 비자나무에게 길을 묻고 있을 즈음 묘진 스님이 다시 한 번 합장으로 마중한다. 산물소리 맑게 흐르고 발걸음은 참 가볍다.

# 백운산(白雲山) 주천하길지(周天下吉地)
## 상백운암(上白雲庵)

백운산 상봉 표지석

도선 국사가 호남정맥의 끝자리 백운산 삼존불 봉황의 둥지에 터를 잡고 칠 일을 춤추었다는 주 천하 길지가 운무에 싸여 있다.

어리석게도 욕심과 집착을 짊어지고 산등을 넘어 찾아온 암자. 내게 필요한 것은 무엇이고 소유하고 있는 것이 무엇인가를 반문하며 산문을 열고 들어온 암자. 어둠을 밝히는 등불 하나 되기 위해 천년의 흔적을 보듬고 있는 수행자 앞에서 부끄럽지 않은 마음이고 싶다. 정말로 필요한 것만을 필요하게 쓰고 소유하지 않는 삶을 살아가는 수행자 앞에서 가볍지 않은 모든 소유를 내려놓고 텅 비우고 싶은 상 백운암이다.

용소 앞 용문사 삼거리에서 여름이 시작되는 시멘트 길을 짜박짜박 오른다. 유영하듯 늘어진 길에는 붉은 연등이 친절하게 맞아주며 살찐 산 벚나무가 싱그럽게 늘어진 산길을 더듬어 오르면 백운사에 정륜(正綸) 스님이 계신다.

스님은 계룡산 갑사 대자암 무문관(無門關)에서 하루 한 끼 공양하는 일종식 무문수행(一種食 無門修行)하여 치아가 빠지도록 용맹정진을 마치고, 상 백운암으로 들어와서도 암자 입구에 철조망을 둘러치고, 깨달음을 얻기 전에는 죽어도 문을 나서지 않겠다는 각오로 문틀 위에 무문사관(無門死關)을 적어놓고 삼 년을 더 수행하신 스님이라고 광양 지인은 귀띔을 한다.

스님의 상백운암 사적기가 차 한 잔 마시기도 전에 터져 나온다.

"상백운암은 그냥 그럭저럭 바라보고 지나가는 암자가 아닙니다."

"개산조 도선 국사가 초암을 짓고 수행한 후 불일보조국사 지눌(1158~1210년) 스님이 2년간 참선에만 몰두하여 대도를 성취한 후

삼존불감을 조성, 하나는 자신의 원불로 평생을 가지고 다녔으며 하나는 상백운암에 안치하였으나 현재는 송광사에서 볼 수 있고 스님 입적 후 지니고 다닌 불감은 상백운암에 안치하였으나 정유 재란 때 소실되었고, 인조 때 영현 스님이 다시 조성한 삼존 불감 은 1992년 도난당하여 현재는 동국대 박물관에 보관 중입니다.”

회수하고자 해도, 문화재 도난 공소시효가 십 년이라서 회수하지 못 하고 있다고 안타까워하신다.

상백운암은 세 분의 국사(도선, 보조, 진각) 세 분의 팔도도총섭(벽암 각성, 회운, 호암) 여섯 분의 대선사(무용수연, 경준, 법운, 눌암, 금오, 송 암) 그리고 두 분의 큰 스님(구산, 활안) 등 한국불교의 위대한 선사들 이 수행한 곳이다.

스님은 많은 문인들이 상백운암을 기록했는데 특히, 최인호의 『길 없 는 길』, 정찬주의 『암자 찾아 가는 길』, 김용덕 교수의 『누가 오늘 일을 묻는가』, 『석사자』, 『진각국사 어록』 등 책을 끄집어내어 하나하나 보여 주신다.

스님의 이 같은 열정이 있기에 상백운암의 요사채가 최근에 헬기로 중장비를 수송하여 어렵게 중창하였음을 알 수 있게 된다. 스님이 선 물로 준 책 한 권을 들고 한 걸음 한 걸음 오른다.

바위틈에서 어렵게 자란 딱총나무 붉은 열매와 눈 맞춤하고 휘돌면, 노랗게 핀 가는 기린초와 하얀 솜털을 이고 있는 꿩의다리꽃이 무리지 어 피어, 깨달음의 칼날 위에서 몸부림친 선사들의 옹골찬 기상이 서 린 이 암자를 그나마 포근하게 위로하고 있다.

상백운암

  상백운암이다. 수행자의 집에서 비명에 섞인 탄성이 터져 버린다. 어렵고 험난한 세월을 견디어 온 인법당이 처참한 몰골로 다가온다. 쫓겨 오는 여순 반란군에게 생명의 안식처로 내어준 암자, 한국불교의 성지가 빨치산 사령부로 사용되어 오롯이 잿더미로 변해버린 암자를 1960년 구산 스님이 중창한 이후 끊어지지 않고 근근이 이어 오고 있다.

  수행 중인 정타 스님이 오래된 도반을 맞이하듯 안내한다. 차담은 이어진다. 앳된 얼굴로 인연 따라 오게 된 이야기를 끄집어내신 정타 스님, 인법당 뒤편 바위에 놓인 고추장 단지가 넉넉하게 익어가고, 요사채 앞마당에는 포행(布行)의 흔적이 선명하게 그려져 있음은 끊고자 하는 속세의 인연, 붙들고 있는 화두, 그리하여 깨달음을 얻고자 남겨둔 흔적 앞에 서 있다.

사자 혈자리 돌 틈에 노란 매미꽃이 운해 속에서 소박하게 웃고 있다.

무지근한 발걸음은 운해를 뚫고 백운산상봉(白雲山上峯)에서 한참을 넉 놓고 바라보다가 진틀 마을로 길을 잡았다. 산골짜기에 물 냄새가 가득 찼다. 계곡을 타고 흐르면서 바위를 어루만지고 떨어지다가 다시 고이고 부딪치기를 수천, 수만 번을 거친 후에야 향기로움이 나는 것 같다. 처음 맡아보는 냄새가 향기롭다. 천리향이다. 한참을 주저앉아 공기에 묻혀오는 물 냄새를 코끝에 담고 진틀 마을에서 벗어난다. 처음 시작한 용소에는 물이 급하다.

수급불류월(水急不流月)이라고 한다. 인생은 유수와 같이 흐르지만 진리는 흘러가지 않는다는 진리 앞에서 하루 발걸음을 멈추고 백운사 정륜 스님의 열정과 미소를 기억해 본다.

# 봉두산 동리산문 태안사 성기암(聖祈庵)

성기암

군더더기 하나 없는 맑은 바람이 계곡을 씻어내고 있다. 흐르는 계곡물은 일상의 단순함에 지친 사람들을 위로라도 하려는 듯, 고이다 흐르기를 반복하며 빠져나온다.

경이로울 만큼 아름다운 초록빛 여름이 가득 찬 전라남도 곡성군 봉두산 자락에 신라 경덕왕 원년(742년) 이름 모를 신승 세 사람이 절을 창건하여 구산선문중 동리선문을 이루며 천년을 이어온 태안사가 있고, 거친 듯 때 묻지 않고 흐르는 계곡 위에는 청징(淸澄)한 성기암이 곰살스럽게 누워있다.

산사로 가는 숲길.

키 큰 나무, 키 작은 나무, 이름조차 알 수 없는 잡목들과 가시덤불, 산을 꾹꾹 눌러놓은 거친 풀들이 섞여 숲을 이루고 있다. 돋보이는 나뭇잎은 없다. 서로 다른 종들이 엉클어져 눈길 한 번 받지 못하고 있지만 숲은 온갖 동·식물을 끊임없이 잉태시키는 탯자리다.

숲은 자연의 순리에 따라 피고지기를 반복하며 교교한 향기로 찌들어진 삶을 위로하고 치료해준다. 코끝을 자극하는 숲의 향기가 몸에 묻는다. 어머니의 젖무덤에서 느꼈던 포근함이 숲에서 느껴진다.

이 길은 길을 따라 걷는 것보다 내려오는 계곡물을 거슬러 오르며, 흐르는 물소리에 귀 기울이고, 몽롱한 물안개 속으로 사부작사부작 걸어볼 일이다. 불쑥 내민 바위 사이에서 토해내는 하얀 포말과 헤픈 미소를 주고받으며 산사로 들어가야 할 것 같다.

눈에 들어오는 건 부러진 나뭇가지와 어미 품을 몰래 빠져나온 호기심 많은 새끼 까투리 한 마리, 바위에 달라붙은 이끼 한 조각과 누렇게

봉두산 계곡

말라버린 풀잎 하나, 그리고 여름을 토해내는 매미소리, 나뭇가지를 박차고 날아가는 새 소리 등 어느 것 하나 소중하지 않는 것이 없다.

 붉은 꽃 삐져나온 가시여귀꽃, 꽃술을 길게 내밀고 폭염에 헐떡거리는 누리장나무꽃, 저녁에 피었다가 아침에는 붉은 빛을 띠고 시든다는 노랑 달맞이꽃, 풀숲에서 한 더위를 피해 핀 벌개미 취와 보라색 엉겅퀴 한 송이가 키 큰 전나무 사이를 뚫고 들어온 햇살을 붙들고 조금씩

성기암 가는 길

변해가는 아침 바람을 느꼈는지 힘겨워 보인다.

앙증스럽게 핀 노랑 광이밥꽃이 쏘옥 들어온다. 너무 작아 여기 있다고 나타내지도 못하고 홀로 피고지기를 수십 번, 아무도 기다려 주지 않아도 어김없이 그 자리에서 혹독한 겨울을 견디고, 무섭게 내리치던 천둥번개를 동반한 폭풍우마저도 이겨내고 핀, 이 앙증맞은 노랑꽃은 순수하고 단정한 자태를 잃지 않고 처음 그대로 여름을 삭이고 있다. 화려하지 못해 사람들과 눈 맞춤조차 하지 못하고 수줍게 산을 지키는 노랑 광이밥을 뒤로하고 길 끝을 향해 깊이 들어간다.

마음을 씻고 물을 거슬러 올라와, 깨달음의 지혜를 붙들어 해탈의 경지로 가라는 3개의 다리를 지나 능파교에 와 있다. 세속의 번뇌를 씻으라는 걸까. 도드라진 마음 다잡으라고 강요하지 않아도 스스로 몸 추스르고 일주문을 넘어 뒤 따르는 산바람과 함께 법당에 든다.

습관처럼 찌든 일상들을 위로받고 싶다. 적은 것에 감사할 줄 알고, 소소한 것에 감동할 줄 알고, 스치고 지나가는 인연을 소중하게 생각하며, 미워함과 시기함과 분노마저도 주저 없이 사랑으로 덮을 줄 아는 마음이기를 원하며, 거짓 없는 순진함으로 무장하여 가슴속으로 찌들어오는 모든 잡사(雜事)를 내려놓고자 간절한 기도를 뱉어내고 나온다.

성기암 길에서 뻐꾹나리꽃과 무릎을 꿇고 눈 맞춤하고 있다.

"엥~ 엥~ 엥"

얕은 소리 내며 찾아든 꿀벌한 마리가 수줍게 핀 뻐꾹나리 속으로 쏙 들어와 진한 입맞춤을 나눈다. 꿀벌이 경외스럽다.

뻐꾹나리꽃이 수줍은 듯 깊숙이 고개를 숙인다. 살그머니 자리에 일

뻐꾹나리꽃과 벌

어나 몇 발자국 걷다가 뒤를 돌아보니, 꽃잎은 점점이 붉게 물들여지고, 지켜보던 이슬 묻은 풀들도 파르르 떨며 헤픈 미소를 짓는 듯하다.

성기암이다. 그 흔한 대문조차도 없다. 지주목 대나무를 힘겹게 오른 더덕과 백양화가 곱게 고개 숙여 안내할 뿐이다. 깊게 내려앉은 적요를 헤치고 좁은 돌계단을 오른다. 좁다란 돌계단을 휘돌자 선녀가 떨어뜨리고 간 옥비녀를 닮았다는 옥잠화가 비좁은 돌계단 입구에서 흰꽃을 활짝 피어 들어가라고 허락한다. 성공전(聖供展)이 소소하나 정갈하다.

적요한 법당에 들어앉아 긴 시간 나를 다독인다.

성글게 엮어진 지붕에 비가 새듯이 잘 닦이지 않는 마음엔 탐욕이 스민다는 법구경의 한 구절을 끄집어내어 긴 시간 법당에 들어, 성글어진 마음 다잡고 나와 암자를 휘둘러본다. 산을 타고 넘어온 구름이 꾸벅거리는 전나무를 쉬이 지나가지 못하고 바람조차 숨죽이고 있다. 암자는 노란어리연과 수련 몇 송이가 주인을 기다리고 있다. 비워둔 암자로 여름을 짊어지고 올라오는 스님이 있다.

종기 스님이다.

"오밀조밀(奧密稠密) 가꾸어져 비구니 스님이 계신 곳인가. 생각했습니다."

"그런가요?"

"수행하면서 잡풀을 뽑아주고 아침저녁으로 물 좀 주었을 뿐인데 어느 순간부터 꽃을 가꾸는 게 아니라 나를 가꾸고 있다는 생각이 문득 들었습니다."

"그러다가 꽃이 자꾸 화려해지니까 조금 두려운 마음도 들곤 합니다."

"아, 네~"

숨을 죽이고 듣고 있을 뿐이다.

"하루만 게을러도 꽃들이 말을 하는 것 같습니다."

자신에게 가혹한 한 수행자의 모습을 보고 있다. 암자에 핀 꽃의 화려함에 두려워하는 옹골찬 수행자와 숨죽여 합장한다.

산허리를 휘돌아가는 옛길을 걷는다. 서늘한 냉기가 가득한 작은 계곡을 걸어 나와 태안사의 연못 삼층석탑 앞에 서 있다. 옹골찬 수행자를 끄집어내어 기억해 본다. 연꽃 묻은 바람이 지나간다.

# 봉명산(鳳鳴山) 다솔사(多率寺)
## 삼성반월암(三星半月庵)

석굴암 가는길

사시예불 목탁소리가 봉명산 소나무 숲속 고요를 깨우는 시간, 경상남도 사천시 곤명면 용산리에 511년(지증왕 12년) 연기조사(緣起祖師)가 영악사(靈嶽寺)로 창건한 봉명산 다솔사 적멸보궁 앞에서 차오른 숨을 고르며 두 손을 모으고 있다.

솔 향은 지고 산들바람만 가득한 소나무 길, 개천가 물은 속살로 흐르고 우거진 숲 그림자 여름 길을 더듬고 가는데 어금혈 봉표(御禁穴封表) 바위는 장군대좌 혈에 세종대왕과 단종의 태실이 있음을 이유로 1885년(고종 22년)에 왕명에 의해 묘지조성을 금하여 지금까지도 산소가 없다고 하니 어명의 지엄함이 어떠하였는지 새삼 알 것 같다. 불사리를 모신 적멸보궁 탑을 돌아 나오니 안심료 요사채 벽면에 방장산 다솔사(方丈山 多率寺)라는 글씨가 대웅전 뜰 앞에서 다소곳이 안내한다.

만해 한용운이 12년간 은거하면서 독립자금을 조달하고 벽산상회 연락소이며, 독립선언서 공약삼장 초안을 작성하고, 1930년 불교계 대표 항일비밀 결사단체인 만당을 태동시킨 곳으로, 만해회갑 때 김범부, 효당 스님(최범술) 등이 심은 황금 편백 세 그루가 살아남아 그때의 옹골찬 기상을 말하고 있다. 특히, 김범부의 동생인 김동리는 1960~1961년에 이곳에 머무르며 등신불을 집필하기도 했다.

소나무 숲이 장관이다. 오늘은 소나무 숲 향기에 몸을 맡기고 걸어야 할 것 같다. 얼마쯤 걸어야 몸에 베인 혼탁한 냄새를 뱉어낼까. 단순한 느낌과 웃음으로 소나무와 마주한다. 산은 촘촘히 박힌 소나무를 키우고, 산새들에게 보금자리를 내어주고, 뜨거운 여름햇볕을 잠재우고 숲을 키워가고 있다.

가끔은 키 작은 졸참나무와 키 큰 굴참나무, 그리고 처음 보는 누리
장나무란 나무가 이름표를 붙이고 뿌리내리고 있다. '쌔에릉 쌔에릉'
참매미 소리 따라 보안암으로 간다.

　숲이 산을 만들고, 산은 새를 키우고, 바람이 멈추고 햇살이 숨어든
봉명산을 홀로 걸으며 잡다한 모든 것이 비워지기를 바라고 있다. 이름
모를 산새가 둥지를 박차고 일어나 소리 지르는 걸 보니 숲은 강하게
살아 있음을 느낀다. 안개비가 꽉 찬 몽환적 오솔길을 지나자 산 능선
순한 곳에 개간된 산밭에는 탐스런 배추 몇 포기와, 고춧대에서 대롱거

봉명산 석굴암 계단

리는 풋고추 몇 개가 안부를 묻는 듯 반긴다.

비워둔 산자락 끝 언덕으로 족히 10m는 될 듯한 돌담이 한 땀 한 땀 쌓여 지나온 세월을 말하고 있다. 획일화된 일직선 도시 건물 속에 갇힌 감정과 주체할 수 없는 화려한 색채와 주눅 든 회색빛 도시를 벗어나 숲을 가진 돌계단에서 늘 지금처럼 살아왔던 것 같은 과거를 받아들이는 오르막길이다. 그늘진 돌계단을 올라 보안암 사립문을 무심코 열었더니 처마 밑 수반에 핀 부레옥잠화를 닮은 비구니 스님 한 분이 말없이 석굴암을 가리킨다.

석굴은 돌기둥 곧추세우고 문을 열어 놓았다. 결가부좌(結跏趺坐)를 한 석조여래좌상이 민중의 부처로 와 있다. 누군가가 간절함을 담고 밝혀둔 촛불 사이로 알 수 없는 기운이 뿜어져 나온다. 깜박거리는 촛불 사이로 지혜의 불을 바라보며 갈등과 집착을 화사한 미소로 위로받고 내려놓고 싶다.

석굴암 뒤편으로 실핏줄처럼 좁다란 길이 나 있다. 원추리 한 송이가 예쁘게 피어 화사함이 더더욱 명징하다. 지장전 담장에 기대어 더운 여름 한나절을 보내다 보안암을 지탱하고 있는 돌담장 이끼를 매만지며 불안전한 계단을 내려간다.

모기 한 마리가 끈질기게 따라오더니 기어코 귀속을 사정없이 파고든다. 깜짝 놀라 손바닥은 어느새 뺨을 후려쳤으나 모기는커녕 얼굴만 화끈거려 피식거린 웃음으로 사천 용산리 사지 옆에 붉은 지붕 눌러쓴 암자와 마주한다. 배추 흰 나비가 댓돌에 놓인 흰 고무신 주변을 배회하고 있다.

**삼성반월 현판**

적요한 암자를 숨죽여 바라본다. 삼성반월(三星半月)[1]이라는 심오한 내용을 현판에 걸고 있는 이곳은 어떤 곳일까. 영축산 통도사 입구 삼성반월교 교각에서 본 이후 이 단어를 본 기억이 없다. 이런 산속에서 이 글귀를 바라보고 기억하고 있다. 형연키 어려운 글귀를 품고 있는 암자는 문이 잠겨 있다.

"불교는 마음의 종교요 마음을 깨침이 부처이다. 이것이 즉심시
불(卽心是佛)이다." - 통도사 주지 원산 스님

검은 바탕에 하얗게 내리친 주련이 적요하다. 암자는 누굴 기다리고 있는 걸까. 정랑 2개가 출입을 금하고, 사람이 없음을 말하고 있어도, 그 흔한 산짐승 발자국 하나 없이 오롯하다. 고요만이 들어찬 암자를 보면서 나를 돌아보고 있다. 가지고자 하는 욕심을 먼저 배우고 집착의 끈을 놓지 못하고 살아가고 있는 모습을 보고 있다. 바람조차 다가오지 못한 입구 돌계단 앞, 화려한 다알리아 꽃 앞에서 초라한 내 모습

---

1  삼성반월: 마음심

을 보고 있다.

몇 번을 뒤돌아보며 샛길을 오르니 서봉암이다. 소나무 밭 언덕에 자리 잡은 서봉암 난간에서는 금방이라도 꿈틀거리며 터져 나올 것 같은 국화가 마실 나간 스님을 대신하여 눈인사를 한다. 관음전 법당에 들어 일러주지 않는 법문을 상기하며 나오니 문창살에는 곱게 핀 햇살이 느리게 지나가고 옆 산 키 작은 나무들은 하나같이 관음전을 향해 가지를 뻗어 자비를 구하고 있는 듯하다. 공양주는 물기 묻은 손을 앞치마에 닦으며 스님은 지금 출타 중이라면서 물 한잔을 건네며 요차채로 안내한다.

공양주 보살에게 묻는다.

"이곳에 오기 전에 삼성반월암에 들렀는데 어떤 곳인가요?"

"잘은 모르겠으나 큰 스님은 최근에 입적하시고 하동에서 스님 한 분이 가끔 오십니다."

"그쪽 방향에서 오시는 분은 거의 없는데 알고 가셨습니까?"

"우연찮게 갔습니다."

공양주 보살이 내 놓은 차 잔속에 서봉암 뜰 앞 옹기에 핀 흰 연꽃대가 흔들거린다. 찻물 따르는 소리가 서봉암을 채운다.

산들의 어머니 모악산(母岳山)
불갑사(佛甲寺) 해불암(海佛庵)

불갑사

봄 끝물에 녹아내린 산 다랑이 밭둑 아래 보라색으로 서성이는 오동나무꽃과 아카시아꽃에는 꿀벌이 양보 없이 꿀 나르기가 한참이다. 굽이진 길가에 쌀 한줌 움켜진 이팝나무와 짙은 녹음 물들여진 벚나무와 느티나무가 불갑으로 가는 신작로를 닦고 있다.

백제 침류왕 1년(384년) 인도승 마라난타 존자가 백제 불교를 전래하고 최초로 창건한 절로, 동에는 불국이요, 서에는 불갑으로 불리며, 호남의 3갑 중의 으뜸인(영암도갑사, 보성 봉갑사) 전남 영광군 불갑면 모악리 불갑사다. 고려 말 각진국사에 의해 중창 후 불지종가(佛之宗家)라고 불렸다고 하니 이 가람이 가히 어떠하였는지 짐작케 한다.

천육백 년 곰삭은 불갑사로 들어간다.

천재 여류서예가 몽연(夢蓮) 김진민(金瑱珉)이 열한 살 때 썼다는 불갑사 현판과 동국진체의 찬란함을 보여주는 원교 이광사의 현판이 친절하게 보듬어 주는 계단을 오르자 법당은 적요하고 바람은 대웅전 꽃 창살에 머문다.

꽃 창살을 중수하는 49일 동안은 누구도 보지 말라고 했으나 어느 보살이 문틈으로 보니, 열심히 꽃 창살에 그림을 그리던 까치 한 마리가 피를 토하고 죽어 법당 안 불화 속에는 죽은 까치가 그려져 있다는 전설 속의 그림과 삼존불 법당 안 두 기둥을 타고 내려오는 흰 쥐, 검은 쥐가 낮과 밤을 상징하고 인간이 가진 오욕과 생로병사의 무상함을 나타내고 있다.

법당을 빠져나온 독경소리에 귀 기울이지 않으면 빈집을 기웃거리는 낯선 내가 될까봐 백운당 툇마루에 앉아 집착을 붙들고 귀 기울이고 있다. 인연 줄에 얽매인 집착을 비우고 가난해진 지혜를 붙들라고 말한다. 단정한 돌계단을 지나 대웅전을 비켜나니 봄이 스친 숲길을 찾을 수 있다. 해불암(海佛庵)으로 가는 응달진 길이 깊은 산으로 뻗쳐있다.

햇볕 한줌도 많았다. 촉촉한 산길이 참 부드럽다.

서어나무, 단풍나무 잎사귀가 융단처럼 누워 흐트러진 여행자의 마음을 다독이고 녹음 속에 숨겨진 푸른 향기를 마시며 산길을 오른다.

어디가 노적봉이고 어디가 법성봉인지 가름조차 할 수 없는 짙은 숲길이다. 칼날 같은 투구봉 바위에서 수백 년을 헤집었을 소나무를 지나 통천계단을 넘어 연실봉이다. 법을 설파하는 성인이 들어왔다 하여 법성포라고 불린다는 법성포와 해불암을 빠르게 찾고 있다.

불갑사 산내에 전일암, 불영대, 수도암, 오진암과 함께 5대 암자로서 예부터 호남지역의 참선수행도량의 4대 성지 중 한 곳으로 이름난 곳이 해불암이다.

잡풀이 무성한 암자의 계단을 오른다. 허리춤에 넥타이를 동여매고 요사채에서 나오는 스님이 안부를 묻는다. 대웅전은 느티나무 그늘에 기대어 봄볕에 헐떡이고 있다. 대웅전과 요사채를 연결하는 핏줄 같은 뒤뜰 돌담은 금방이라도 무너질 것 같고, 햇살만 가득 암자를 풍요롭게 비추고 있다.

뜰 앞에 화려했던 물봉선 꽃 자국이 더 가슴 시리게 하는 요사채 앞마당 의자에 앉아 스님과 차담이 이어진다. 삼십여 년 전 해불암과 인연이 되어 대웅전 앞 신선대 돌이끼처럼 늙어가는 스님의 오래된 이야기가 시작된다.

해불암 요사채 울타리

곰삭은 녹차 한 잔을 넘긴다.

"공병대를 제대하자마자 출가했지요."

"이곳저곳을 떠돌다 1980년 초봄에 왔으니까 30년이 넘어 갑니다."

"풀에 잡힌 암자가 초라하지요?"

'꼴딱' 마른 목구멍으로 차 한 모금이 넘어간다. 속마음을 들여다보고 있다. 어디서 구했는지 넥타이를 질끈 동여맨 허리춤이 참 낯설다.

"비가 오면 물동이가 요사채 방 안에 주인이 됩니다."

배 터진 요사채 벽을 수리하다가 인기척에 나왔다면서, 옷매무새를 다듬는 몸짓이 너무 때 묻지 않는 스님이다.

"처음 이곳에 들어왔을 때는 신도들이 예법 있었지요."

"세월과 함께 한 사람 한 사람 보이지 않더니 요즘은 등산객이 지나가다가 들려주는 사람 이외는 없습니다."

뒤뜰에 늘어진 실핏줄 같은 담장처럼 오랜 세월 쓸쓸히 견디어 온 암자. 오가다 들려주는 사람조차도 간절하게 소중하다는 스님이 바지춤을 추스르며 일어나 깊고도 깊게 합장을 한다.

짙푸른 나뭇잎마저 떠남을 아쉬워한다. 텅 비워두고 채움조차 망각 속에 가둔 암자를 벗어난다. 푸른 물 짙게 배인 가슴을 붙잡고 터벅터벅 돌 틈 사이를 헤집고 내려와 봄 끝물에 꽃 사르는 앵초와 눈 맞춤한다.

고즈넉한 산길에서 못내 못 다한 이야기가 있을까. 아직도 가난한 암자를 떠나보내지 못하고 기억에 사로잡혀 있다. 법명도 알려주지 않는 스님의 천진한 몸짓이 다시 보고 싶어진다.

# 삼신산(三神山) 쌍계사(雙磎寺) 국사암(國師庵)

국사암

꽃을 토해낸 자리에는 봄날을 추억하며 검붉은 버찌 몇 알이 눈을 피해 몽실 거리고, 더위에 지친 나무는 늘어진 가지를 추스를 여유가 없나 보다.

야트막한 언덕길을 뒷짐 지고 수런수런 오르다 보니 관세음보살 가호를 받은 관음성지 쌍계총림 일주문 앞에 서 있다. 해강 김규진(海岡 金圭鎭, 1868~1933년)의 일주문 편액을 뒤로하고 몇 계단 오르면 고산 스님이 인도성지 순례 때 스리랑카에서 모셔온 석가여래 진신사리와 국사암 후불탱화에서 출현한 진신사리와 전단나무 부처님을 모신 팔각 구층 석탑이 사람들을 압도한다.

뜨거운 여름을 달구고 있는 팔영루 지붕 아래를 넘는다.

법당 앞 가지런한 계단을 오르자 알 수 없는 뜨거움이 흐르고 있다. 무엇이 저렇게 간절할까. 볼을 타고 흐르는 여인의 눈물은 어떤 사연을 담았을까.

어떤 아픔일까. 누군가가 생과 사의 갈림길에 서 있을까. 아니면 자신의 영혼을 바로잡고자 염주를 꼭 붙들고 저렇게 간절한 염원을 쏟아내는 걸까.

자꾸만 확대되어 가는 상상이 한계를 넘자 차마 법당을 들지 못하고 육조 혜능선사의 머리를 모시고 있는 금당으로 간다. 추사는 한겨울, 눈 속에서 칡꽃이 핀다는 설리갈화처(雪裏葛花處)에서 혜능 선사를 육조정상탑(六祖頂相塔) 현판으로 배알했다.

흩여진 나뭇잎 위를 걷는다. 어제 밤 산짐승이 먼저 더듬었는지 길 곁에는 산만하게 헤집어 놓은 발자국 사이로 가늘게 뚫린 흙길을 사

쌍계사 9층 석탑

부작거리며 오른다. 가파른 언덕 위에는 오래된 나무가 길을 내고 있
고 비탈진 오솔길에는 등 굽은 소나무가 일주문 되어 청정한 바람으로
씻겨 내린다.

　이끼는 돌계단 밑에서 오래전 오가던 낯익은 발소리를 기다리는지 좀
처럼 떠나지 못하고 길 쪽 능선에는 몇 해 전부터 쌓인 낙엽들이 고풍스
럽다. 하지만, 무엇인가 부족한 것에 대한 배고픔일까. 밀려드는 허망을
붙들고서 무디어진 발걸음으로 산이 되어버린 암자를 찾아들고 있다.

　이 길은 사람이 다니며 낸 길이 아니라 오고 가는 이들의 마음이 스
며든 길이다. 탐착을 털어 내고자 절대자를 찾아간 길이고. 오만과 분
노와 어리석음을 깨닫고자 걸었던 만행의 길이다. 나는 지금 어떤 길
을 걷고 있는가.

조릿대가 수북한 길 곁에 국사암 일주문을 대신한 등 굽은 소나무, 염원이 가득 쌓인 돌무더기를 숨바꼭질하듯 휘돌아 산등성이를 넘는다.

암자 앞 느티나무 수령을 놓고 사람들이 이런저런 말이 오간다. 국사암을 지키는 사천왕수 만으로도 충분하지 않을까. 나무 그늘에 앉아 긴 침묵을 깨고 일어나 부끄러운 민낯을 국사암으로 밀어 넣는다.

신라성덕왕 21년(722년) 의상대사 제자인 삼법(三法)이 창건하여 문성왕 2년(840년) 진감국사 혜소(慧昭)가 창건했다는 ㄷ자형 암자는 등골처럼 뒤틀린 담장에 갇혀있다. 귀틀 한 토막이 나무 통가리 위에서 쉼터로 무주상보시된 채 무더운 여름을 버티고 있다. 법당의 문고리를 잡아당긴다.

너무 많은 것을 가지고도 남을 위해 배려해본 적이 없다. 항상 부족한 것에 갈증을 느끼며 기를 쓰고 내 것으로 만들고자 했지만, 내가 가지고 있는 건 남이 가지고 있는 것과 별반 다르지 않다. 타협보다 독선이 앞서고, 남보다는 나를 먼저 생각한 삶이었지만 결국은 남보다 앞서지 못하고 비굴하게도 삶은 남보다 더 헐거운 삶이지 않는가.

오늘도 문 열고 들어온 법당 안에서 무릎 꿇고 앉아 지금누리고 있는 은총은 알지 못하고, 교교한 은총을 허락해 달라고 염원하고 있지 않는가. 빛바랜 염원 한 장을 버리지 못하고 법당 안을 배회하는 심장이 퇴색되기를 기다리다, 문틈을 비집는 뜨거운 여름날을 느끼고서야 일어난다.

암자 밖 물 내려가는 곳에 해우소와 홍예문 다리도 널 부러진 대나무 숲에서 뒤틀린 담장을 멀건이 바라보고 있다. 숲속의 주인인 산새도 우물통을 쪼아리고 있는 걸 보면 더위는 산중 깊이 들어와 있다. 스님은 산을 내려갔는지 댓돌에 벗어놓은 흰 고무신이 수행자의 이름표를 달고 침묵 중이고, 바람만이 대밭을 흔들자 풍경소리는 지리산을 타고 넘어 데워진 산을 식히고 있다. 솔잎을 스치고 온 바람이 국사암을 씻겨낸다.

나는 우물통에 찾아와 물먹는 여름새가 떠나길 기다린다.


들꽃 속에 피는 꽃

고요히 비바람을 맞으며

은은한 향을 사르고 있구나

언젠가 오겠지

그 향내음을 아는 이가

오로지 한 사람을 위하여

향을 사르리

그 누구도 맡을 수 없다

청정히 마음을 맑히고

숨을 들이 쉬어야 맡을 수 있는 들꽃 향

이젠 모든 것 사르리

이젠 모든 것 비우리

이젠 모든 것 흘러 보내리

무향무취로


지은이 국사암 공양주 수함

국사암 하산길

여름 볕이 누그러진 오후, 국사암 등 굽은 소나무 일주문을 나와 쌍계사 마애석불 천진불로 가는 길에서 푸른 눈을 가진 몇 사람이 두 손 모아 범종 소리 들으며 부처를 맞이하고 있다.

# 조계산 선암사(曹溪山 仙巖寺)
## 하심(下心) 길 비로암(毘盧庵)

비로암 신우당

여름이 무성하다. 계곡물은 끊임없이 천년불심 길을 적시고 내려온다. 선암사는 그냥 불러 보기만 해도 아늑하고 정겹다. 지나가는 길에 고개 너머로 큰어머니의 안부를 물어보고 싶은 큰집 같은 가람에는 1철불(각황전 철불), 2보탑(대웅전 앞 동서삼층석탑) 3부도(동부도, 북부도, 대각암부도)를 가지고 있고, 대웅전 어간문, 사천왕상, 협시보살 3가지가 없다.

선암사는 조계산 장군봉아래 비로암에서 청량산 해천사(淸凉山 海川寺)라고 명명하고 창건하여 신라 말 도선국사가 대가람을 일으켜 긴 세월을 이어온 한국불교 태고종 태고총림이다.

꽃이 시들지 않는 사찰 선암사. 봄에는 오백 년 와송 송화꽃과 육백 년 선암매인 홍매, 백매 그리고 겹 벚꽃이 만발하여 선암사를 야단법석으로 만들고, 여름에는 숲으로 우거진 천년 불심 길에 햇볕이 들랑거리면서 누런 흙길에 피는 흙꽃과 이름을 알 수 없는 수많은 야생화가 조계산에 숨죽여 피어나 여름을 식혀주고, 가을에는 올망졸망한 개옻나무가 붉은 꽃으로 종이 다른 나무들과 어울려 단풍이 물들어 가니 들뜬 마음 가득하고, 겨울에는 조릿대가 안개꽃 되어 키 큰 나무 가지에 핀 눈꽃을 천연덕스럽게 받쳐주니 포근한 꽃길이 지루하지 않다. 발자국마다 역사다.

계곡물은 승선교(昇仙橋) 용두에 걸어둔 동전 3잎에서 호용죄(互用罪)의 소름 돋는 정직한 교훈을 쏟아내고, 선녀를 맞이하는 강선루(降仙樓) 기둥은 루에서 바라보는 경치를 한눈에 볼 수 있도록 개울에 빠져있으니 얼마나 깊은 혜안인가.

비로암 해우소

　평생을 선암사에서 기거하시다가 묘향산 보현사에서 입적하여 부도가 묘향산 보현사 방향을 보도록 배치했다는 상월대사 부도가 참으로 절묘하고, 쪽물처럼 맑은 물이 삼인당(三印堂) 연못으로 모여든다.

　모든 것은 변하여 머무르는 것이 없고 나라고 할 만한 것도 없으므로 이유를 알면 열반에 든다는 불교중심 사상을 나타낸 연못으로 국내외를 통틀어 유일무이한 계란형 연못을 지나 법당 위에는 조선 23대 임금 순조의 국부인 김조순 현판 글씨가 웅대하게 대웅전을 바치고 있다.

　돌멩이 하나 풀 한 포기 보물 아닌 것이 없고 귀하지 아니한 것이 없는 선암사다. 육백 년 한결같이 봄이면 홍매와 백매를 사르는 선암매는 올해도 어김없이 몸을 푼 후 주렁주렁 매실을 토해내고 있고, 오백 년 와송은 봄볕에 얼마나 몸살을 앓았는지 이제야 송홧가루를 멈추고

대각암 대선루 연못

싱싱한 솔잎을 끌어 올리고 있다.

그늘진 산길을 오른다.

노각나무, 사람주나무, 단풍나무, 상수리나무, 키 큰 나무, 키 작은 나무, 잡풀과 조릿대 등이 한결같이 부족한 햇살에도 자리다툼 없이 서로를 기대어 의지하고, 햇살 쬐인 습한 곳에서는 깊게 묻힌 생명이 말 없이 잉태되고 있을 것이다. 오르막 내리막, 등 굽은 나무들과 눈 맞춤하고 계곡을 건너고, 암반을 붙들고 산은 높아지고, 마음은 낮아지는 길을 오르다가 머리 위에 산그늘이 내려앉은 야트막한 지점에서 한 점 바람에도 넘어질 것 같은 해우소를 바라보니 두려움과 표현할 수 없는 경외스러운 마음이 밀려든다.

오직 침묵과 절제된 몸가짐만을 요구하는 암자에서 쉼 없이 터진 비명소리가 메아리친다. 까치집처럼 틀고 앉은 늙은 요사채가 사치스럽게 심우당(尋牛堂) 간판을 걸고 숨죽이고 있다. 쓰러질 듯 버티고서 여름 햇살을 담아두고자 문틀도 맞지 않는 봉창 문으로 햇살이 넘치게 들어간다.

치열하다는 말 이외는 그 어떤 수식어도 필요하지 않다. 수행정진의 흔적을 담고 있는 천진굴(天眞窟)이 무심하다. 참으로 무욕의 수행처다.

비명을 지르면서 두려운 마음으로 발걸음을 내디딘다.

허리 굽혀 문지방을 넘으니 비로소 비로나자 부처가 있는 법당이다.

이 암자에서는 내가 가지고 있는 모든 걸 내려놓지 않고는, 볼 수 있는 건 아무것도 없다. 나는 지금 무엇을 보고 있으며, 어떤 모습인가. 지금 내게 필요한 것이 무엇인가. 긴 시간 법당에 들어 성글어진 마음 다 잡고 나온다.

**비로암 토굴**

"이곳이 어머니의 자궁 자리입니다. 그래서 오래된 감나무가 토
실거리고 감로수는 부드럽답니다."

정봉지인(正峰智仁) 스님 말씀이다.

"십이월 된서리가 내리던 아침에 홍시가 아침햇살을 받아 몸을
풀어낼 때 새들이 쪼아 먹는 모습을 암자 뒤 평상바위에서 바라
보면 왜 어머니의 자궁 자리인지를 알 수 있을 것입니다."

라면서 언제 그런 날을 잡아 오라고 서늘한 가을바람 지나가듯 편하
게 말을 이어간다.

스님은 비로암 주변에서 채취한 선암사 야생 녹차를 한 봉지 덖어 주
면서 집에 가서 맛보라고 건넨다. 나눌 것이라곤 없을 것 같던 초라한
암자에서 스님은 내게 먼저 베풀고 있다.

머릿속이 하얗다. 풍족한 내 삶이 초라해진다. 쓰러질 듯 산을 지탱하고 있는 해우소와 바람만 불어도 무너질 것 같은 늙고 낡은 심우당을 보듬고도 저렇게 천진하고 아름다운 미소를 보이는 건 무엇인가. 녹차 한 봉지를 받아들고 괜스레 무안하고 미안하여, 멀리보이는 산밭을 보면서 무엇을 심었는지 물어본다.

"감자를 심었는데 아직 촉이 나오지 않습니다."

유월 하지 전후에 수확해야 하는 감자가 유월이 넘어가고 있는데 촉이 나오지 않는다는 걱정 없는 답변에 산 아래에 살고 있는 나는 적응할 수가 없다.

오랫동안 스님과 검박한 차담이 흐른다. 산 그림자가 어머니의 품속으로 들어오고 있다. 조계산에 어둠이 밀려온다. 어둠을 밀어내는 등불은 돈 많은 재벌이 보시한 것도 아니고, 잘 다듬어진 석등도 아니다. 초라한 호롱불이다. 금방이라도 꺼질 것 같은 호롱불이 천년을 밝혀왔고 앞으로도 조계산의 등불로 불 밝히리라.

비로암. 어머니의 자궁에 자리 잡아 가난한 천사를 닮아가는 암자 사립문을 나서는데 스님의 부드러운 음성이 온몸을 휘감는다.

"이제 어머니 자궁에서 나가는 것입니다."

"그래서 이곳은 시작점입니다."

'아, 그렇구나.'

뒤돌아 다시 한 번 합장한 후 성스러운 어머니의 탯줄을 타고 내려온다. 가슴이 뜨거워진다. 한없이 낮아지는 포근한 길을 나는 비로암 하심길이라 명명하고 욕심 없는 가난한 길을 묻고 있다.

# 천봉산(天鳳山) 7연지에 피어난 만일암(萬日庵)

천봉산 대원사

주암호를 끼고 왕 벚꽃나무가 꽃 자랑이 한창일 때가 있었다. 꽃보다는 사람이 웅성거리고 단 내음과 섞여진 봄 향기가 질펀한 날이 있었다.

언젠가는 이 아름다운 길을 나 혼자 걷고 싶은 욕심이 가슴 한켠에 자리 잡았다. 그날이 삼복더위 중 중복을 며칠 지난날이다.

새벽녘에 낀 먹물 들인 구름이 걷히고 뭉게구름이 주암호를 뒤덮은 날, 전라남도 보성군 문덕면 천봉산 봉소형(鳳巢形)에 자리 잡은 대원사 뒤뜰에 웅크린 만일암을 만나러 간다.

햇살이 침범하지 않는 그늘막 시오리 길(약 6km)따라 졸졸 내려오는 개천물은 주암호로 빨려들고 왕벚꽃 잎사귀를 간간히 흔드는 바람은 게으르게 불어온다. 오가는 사람이 없다. 살찐 여름새가 머리 위에서 요란을 떨고 있다.

늙은 노인은 허름한 경운기에 붉은 고추를 싣고 지나갈 뿐이다. 길가로 난 개천은 오래전 그대로 산물을 채운 채 꾸불꾸불 흐르다가, 깊게 패인 웅덩이에 먼저와 채우던 물을 주암호로 밀어내고 있다.

바위를 조각하는 물줄기가 모여드는 곳에는 "연 밭에 머물다온 바람처럼"이라는 펜션 이름이 낯설지가 않다. 가만히 글귀를 보니, "저짝에서 이짝으로 팬션을 옮깁니다."라고 쓰여 있다. 구성진 사투리에 웃음을 담고 능소화가 담장을 휘감고 도는 마을을 지나자 엊그제 비바람에 생채기가 심한 백양 상사화를 마주하고선 땀방울 씻으러 물 내려오는 개천가로 몸을 숙이니, 앙큼한 노란 매미꽃이 해맑게 반겨준다.

꾸불거리며 이어지는 탯줄 끝자락 대숲 위에 백제 무녕왕 3년(503년)에 신라 스님인 아도화상에 의해 창건 되고, 고려원종 1년(1260년)

대원사 꽃문

에 송광사 5대 국사 자진국사 원오 스님에 의해 중창되어 역사의 부침을 이어오다 1948년 여순 반란사건 때 극락전을 제외한 모든 전각이 소실되어버린 역사의 상처가 너무 큰 대원사다. 부처님 눈을 닮았다는 불안불지(佛眼佛池)를 지난다.

나이 먹은 느티나무와 편백나무는 일주문을 보듬고 게으르게 여름 한나절을 보내고 있고, 하나의 등불이 밝으면 천년의 어둠이 사라지고, 하나의 지혜가 능히 만년의 어리석음을 없앨 수 있다는 일주문기둥에 붙여놓은 6조 혜능의 법보단경의 한 구절이 이 가람을 말하고 있다.

앙증맞은 석교를 건넌다. 종각아래에 범종을 품은 구품연지(九品蓮池)를 지나 자 천년 역사의 부침을 이겨낸 극락전 앞 항아리에 하얗게 핀 애기수련이 왠지 처연하다. 심장에 달라붙은 집착을 간절한 마음으로 떼어 내며 나의 내면을 바로잡는다. 칼날 같이 날선 소소한 감정을 무디게 묶어 내린다. 무엇 때문에 이렇게 조잡한 감정들로 헝클어져 있는가. 왜 짊어지고 일어날 수 없는 무거운 감정을 짊어지고 있는가. 법당에 뿌려진 가피를 붙잡고 간절한 기도로 나를 내려놓고 나오니 물 내려가는 소리가 청량하다.

느티나무, 개복숭아나무, 어린후박나무 사이를 지나 나잇살이 들어 보이는 모과나무를 지극히 겸손한 마음으로 안아본 후 몇 발자국 오르니 성모각이다. 천봉산은 여산(女山)으로 어머니의 산이다. 천봉산 물줄기가 하늘 호수를 어루만지고 바위 사이를 벗어나면 죽 살대 울타리 길은 사람의 발자국보다 산짐승과 날짐승 발자국이 더 많은 만일암 길이다.

문이 잠겨 개구멍을 통해 암자를 만난다. 여름 한날이 다 모였다. 스님은 흔적 없고 단풍나무만 엉클어진 기왓장 담장 사이로 자귀꽃과 붉은 산딸기가 자비스런 암자를 받치고 있다. 텃밭에는 무얼 심었었을까. 잡풀을 메다만 마른 죽 살대 울타리 가지에 잠자리 한 마리가 꾸벅꾸벅 졸고 있다.

새벽부터 부지런을 떤 스님 때문에 호미는 밭 흙을 둘러쓰고 낫이랑 가지런히 담벼락에 걸려 있는 걸 보니 여느 과부댁 아래채 담벼락과 같다. 구순금족(九旬禁足) 기간이라 화두를 붙들고 치열하게 수행 중인 나지막한 절간의 토방을 넘지 못한 여름 햇살이 살찐 단풍잎에 내려앉아 있다.

어느 겨울 몹시 추운 날, 이 길을 걸었을 땐 여름 해를 닮은 홍시가 장관이었다. 올 여름도 유난히 땡감이 주렁주렁 열려있는 걸 보면 초겨

**대원사 만일암**

울 만일암 내리막길이 장관이다. 적백연화가 향기를 뿌리는 해인연지(海印蓮池)는 가섭부처의 사리를 모신 수미광명탑을 품고 한 치의 흔들림 없이 적묵에 쌓여 있다.

실낱같은 연바람이 솟대공원 애련정(愛蓮亭) 풍경 속으로 들어와 대원연지(大原蓮池) 붉은 수련을 깨운다. 가슴속에 심어둔 낮은 희망조차도 이곳에서는 욕심인 것을 알지만, 화석처럼 굳어가는 욕심 하나를 내려놓지 못하고 있다.

땀을 씻고 여름을 달래고 있다. 나는 내게 묻고 묻는다.

어떤 간절함이 나를 이곳으로 오게 하는가. 그리고 아직도 내려놓지 못한 것은 무엇일까. 물음에 아무 대답 못하고 멍하니 연바람을 맞으며 자비스러운 하루를 솟대로 보낸다.

# 화왕산(火旺山) 관룡사(觀龍寺) 청룡암(靑龍庵)

화왕산 만룡사

자비가 가득한 법당 안에서 화석처럼 굳어가는 간절함을 내려놓고자 듬직해 보이는 벚나무 길을 천천히 오른다. 이미 독경소리는 관룡산을 파고들며 옛 아라가야의 찬란한 불심을 기억하는 것일까.

단호하게 침묵하는 바람을 가르는 곳에 억겁의 세월을 견뎌온 경상남도 창녕군 창녕읍 옥천리에 신라 내물왕 39년(394년)에 창건된 관룡사, 고려 말 개혁정치를 주도한 신돈이 출생하고 출가한 옥천사지 앞에서 서슴거리고 있다. 잡목이 숲을 이루고, 흙담은 무너져 지난至難한 세월 앞에서 슬픈 개혁가의 출생지 위로 두꺼운 구름이 지나간다.

옥천사 노비의 아들로 태어나 부패한 고려를 개혁코자 했던 신돈. 임금을 어지럽히고 권력에 집착한 나머지 모반을 꾀했다는 이유로 고려의 요승이라는 주홍글씨로 역사는 전해 내려오고 있다.

석축은 무너지고 잡목이 들어찬 터에는 연잎이 선명한 8각형 주춧돌에 여름 햇살이 함초롬히 내려앉아 영화로운 과거를 속삭이고, 칡넝쿨은 오래된 석축을 휘감고 과거를 더듬는 듯하다. 길 건너 계곡물은 더위를 벗겨 내려는 듯 초췌한 몰골이 되어 마냥 요란스럽게 계곡을 빠져나간다.

언젠가 봐 왔던 것처럼 친근한 길이다. 콘크리트로 포장된 조금은 삭막한 길에서 뜨거운 여름이 솟는다. 길 너머에는 마중 나온 키 큰 느티나무와 벚나무 그리고 올곧게 자란 붉은 소나무가 따스한 눈길로 다가온다.

계곡물이 거침없이 내리는 피안의 다리를 건너자 가파른 언덕 위에 관룡사다. 속세의 더러움을 꾸짖듯 두 눈 부릅뜨고 바라보는 늙은 석장승은 천년을 지키고 있다. 외롭게 서 있는 소나무 군락들과 눈 맞춤하고 몇 발자국 앞에 비탈진 돌계단을 오른다. 빼꼼하게 뚫린 문 하나가 적요한 절간에서 탄성 같은 비명소리에 나를 흠칫 놀라게 한다.

절묘하게 짜인 돌담에 돌 하나 지붕 틀어 누구든지 고개 숙여 들어와야 하는 이 기막힌 석문이 나지막이 위대한 진리를 전하고 있다. 석문은 오래전부터 진리를 전하고, 찾아드는 모든 이들의 염원을 받아주고 있다. 손때 묻지 않는 석문 앞에서 마음 안에 있는 찌든 때 가득 묻은 나를 끄집어내어 청정한 바람으로 씻어내고 싶다. 조화롭고 소박한 돌계단을 오른다. 누하진입을 억지로 틀어막아 계단으로 오르게 한 이 기막힌 어리석음의 조화를 꾸역꾸역 오른다.

상처투성이인 삼층석탑이 약사전 앞에서 까닭모를 염원을 담은 간절한 목탁소리가 석탑에 배어있고, 한 가지 소원은 꼭 들어준다는 대웅전에는 갖가지 염원을 담고 들어와 무릎 꿇고 소원 하나를 내려놓고 돌아간다.

뒤틀어진 소나무가 산을 지키는 길로 가쁜 숨 몰아쉬며 자분거린다. 분별과 집착을 벗어나 깨달음을 해탈하여 참된 지혜를 얻은 중생이 극락정토로 가기 위해서는 용이 끄는 배를 타고 가야 한다는 반야용선, 용선대 석조여래좌상 앞에는 가슴속에 그려놓은 작은 염원들을 담고, 항마촉지인의 수인으로 가부좌를 틀고 있는 석조 앞에서 버리고자 하는 욕심, 끊임없이 차올라 주체할 수 없는 분노, 그리고 삶의 어리석음을 구하고 있다.

학자들은 통일신라 시기인 722년에 조성된 것이라고 호들갑들이다. 화려했던 아라가야의 불국토를 꿈꾸었을 용선대, 오늘도 지혜와 자비

영선대 석조여래좌상

를 찾아오는 어리석은 중생들은 지식이 아닌 지혜를 담고 내려간다.

자줏빛 꽃대를 올린 맥문동이 듬성이는 곳에 소나무는 일제강점시대에 연료로 사용하기 위해 빗금 치며 송진을 채취한 깊은 상처를 숨긴 채 푸르다. 관룡사 입구에서 우리 밀 빵과 잡다한 물품을 파는 노점상 부부에게 묻는다.

"청룡암 공양물로 어떤 것이 좋겠습니까?"

"우리 밀로 만든 빵이 있습니다. 공양하십시오."

옥천사지 터 건너편 계곡에서 만났던 물길이 맑게 흐르고 있다.

소나무 밭 속으로 들어온 부도를 지나자 멧돼지가 헤집었는지 산길이 험하다. 머리가 쭈뼛거리며 등골이 오싹하다.

"아무것도 가진 것이 없는 이곳을 뭐하러 왔노?"

관룡사 석 장승

**청련암 입구**

청룡암을 지키는 법희(法喜) 스님께서 경상도 투박한 어투로 엷은 미소를 띠며 묻는다. 위대한 법문을 들으러 온 것도 아니다. 오직, 가슴속에 심어둔 씨앗 하나 썩어지길 바라며 두 손 모아 합장으로 답할 뿐이다.

스님 말씀이 이어진다.

"부처님이 열반 후 8곡4수(8섬4말)사리가 쏟아졌는데 그중 관룡사에 108과를 모시고 있습니다. 부처님은 뵈었습니까?"

해박한 지식이 한없이 쏟아진다. 오염에 찌들고 욕심이 가득한 우리에게 위대한 법문보다 생각을 들어주고 공유해주는 법희 스님의 미소가 어느 법문보다 더 편안하고 가슴에 담긴다. 삼독을 버리고 보는 삶의 지혜를 이야기 듣고 관룡산 그림자가 야트막한 돌담 헌식대에 걸칠 때쯤 일어선다.

들어올 때 보지 못한 한두 평 남짓한 산밭에는 무 몇 개와 뜯어내고 남은 상추, 그리고 내팽개쳐진 물바가지로 산속을 파고든 여름을 스님은 가난하게 버티고 있다. 문 앞에 흐르는 석간수 귀퉁이에 핀 망초 꽃처럼 천진한 미소가 흐르는 자비스러운 날을 보내고 어쭙잖은 마음으로 기억 속에 맴도는 관룡 8경을 적어본다.


관룡사 8경

1경은 속계와 선계의 경계에서 관룡사를 수호하는 남여 석장승

2경은 고개를 숙이고 들어가야 부처를 뵐 수 있는 석문

3경은 소담하고 포근한 관룡사 사천왕상 돌계단

4경은 원음각 옆면에서 본 누하진입문

5경은 깨지고 쪼개진 애잔한 약사전 삼층석탑

6경은 대웅전 옆 구시

7경은 용선대 석조여래좌상

8경은 청룡암 가는 슬픈 소나무길

# 화중연화(火中蓮花) 속 중사자암(中獅子庵)

중사자암 입구

매미 울음소리가 갈수록 짧아진다. 풍계나무는 가지를 활짝 벌리고 강한 햇살을 가려보지만 부챗살처럼 파고드는 햇살을 피해 그늘은 땅에서 흔들거리고, 꾸벅거리며 졸고 있는 굴참나무에 붙어 시도 때도 없이 울부짖는 매미 소리가 왠지 낯설다. 아침저녁 불어오는 바람이 심상치 않음을 느꼈을까. 7년을 유충으로 땅속에 살다 나온 인고의 세월을 노래하고 있는 것일까.

"매~~ 매맴"의 길고 긴 여운이 있는 칠월 한낮 울음소리가 아니라 "맴맴 맴맴" 간결하고 탁한 울음소리다. 매미도 여름이 가고 있음을 알고 있다. 매미의 울부짖는 소리가 속리산 문장대로 가는 진초록 여름 길을 뚫고 있다.

팔월 햇살이 내려앉았다. 숲에서 들리는 나지막한 풀벌레 소리에 여름은 이미 몸살을 앓고 있다. 햇살이 강할수록 숲속의 여름향기가 진하게 코끝을 자극한다. 늙은 물푸레나무는 몇 해 전 매섭게 불던 겨울바람에 껍질은 터지고 가지는 부러진 채 여름을 견디고 있는 이곳은 충북 보은군 속리산 문장대 아래 산중암자 중사자암으로 가는 길이다.

땀이 등줄기를 가르며 흐른다. 산허리를 몇 번이나 휘돌아 넘어왔는지 모른다. 거친 숨을 계곡의 돌 틈 사이에 뱉으며 오른다. 축 늘어진 길이 재촉하지 않아서 좋고 누군가 기다리거나 약속되지 않아서 좋은 길이다.

빠르고 급하게 오르면 그만큼 오래 쉬어야 한다는 것쯤은 알기에 느긋한 마음으로 올라와 턱을 괴고 앉아 산자락을 뭉개고 유적(幽寂)하게 흐르는 흰 구름을 눈에 담고 있다.

**중사자암 가는 길 매미**

60여 년이 되었다는 보현재 휴게소(할딱 고개)의 젊은 친구의 넉살에 넉 놓고 있다. 그곳에서 태어나 속리산과 같이 살아가는 젊은 친구의 어투와 인상이 자연을 닮아 있다.

평상에서 숨을 고르고 산으로 깊이깊이 들어간다. 햇살이 강할수록 숲속의 여름향기는 진하게 코끝을 자극하는 걸까. 진한 숲 향기를 마시며 흰 꽃을 다 털어내고서 짙은 여름나무처럼 서 있는 쪽동백을 지나 몸을 비틀어 조릿대 사잇길로 접어들자, 자연석 돌다리 하나가 속계와 법계를 이어놓았다.

중사자암으로 몸을 쑤욱 밀어 넣는다. 암자 앞 바위에는 천년세월

중사자암 가는 길 돌탑과 잠자리

불 켜진 등불 하나를 깊게 새겨놓았다. 바위 앞에 자란 개복숭아 나무는 봄날 화사한 꽃으로 지혜와 자비를 좇아가는 고독한 수행자를 위로하였으리라. 팔월의 열매는 야무지게 여물었고, 산밭에는 살찐 풋고추와 토마토가 곱게 익어가고 있다. 엉성한 돌계단을 올라 문수봉을 바라본다.

지혜의 상징 문수보살은 사자 등을 타고 부처를 협시한다. 중사자암은 앞산 문수보살을 태우고 부처를 협시하는 걸까. 가만히 댓돌을 오른다.

어간문 앞에서 비로자나불 앞에 서 있다.

"아…."

목에서 터져 나오는 탄성을 주체할 수 없다. 비로자나불이다. 중사자암에서 불교의 진리가 가득비추기를 바라는 비로자나불을 모신 이유를 이제야 알았다. 법신불 비로자나불은 문수보살과 보현보살을 협시한다. 그래서 오를 때 보현재 휴게소에는 코끼리의 등을 타고 보현보살이 상주하는 곳이고, 중사자암은 사자의 등을 타고 문수보살이 상주하기에 이곳은 비로자나 부처가 계시지 아니한가. 경외스럽다.

차를 권하는 지륜(智輪) 스님. 정갈한 인법당에서 다담이 이어진다. 먼저와 계신 법주사 청하(淸夏) 스님 곁으로 슬그머니 엉덩이를 밀어 넣어 앉는다. 청하 스님은 해맑은 미소를 지으며 괜찮다는 눈길로 방석을 권한다.

"차 한 잔 하시지요."

지륜 스님이 차를 달이고 있다. 정성이 이루 말할 수 없다. 찻물을 끓이고 차를 넣고, 끓는 물로 찻잔을 덥히고 다시 한 번 마른수건으로 닦고 덥히고 난 후, 찻물을 사발에 부어 조금 식힌 찻물을 찻잔에 담아 권한다. 한잔의 찻물이 목구멍을 타고 넘어간다. 찻물이 넘어가는 것이 아니라 스님의 정성이 넘어가고 있음을 느낀다.

조주 선사는 찾아온 모두에게 차나 한 잔 마시고 가라고 권했다는 끽다거(喫茶去)가 이처럼 정성을 들여 대접했을까.

법문이 필요하지 않다. 스님의 차 한 잔 대접하는 정성에서 나는 법문을 읽고 있다. 정성어린 차 한 잔을 받아들고 가만히 스님을 바라본다. 스님의 얼굴에는 옅은 미소가 번져있다.

무엇이 이렇게 스님에게 평온을 주는 걸까. 화중연화(火中蓮) 속에 들어 앉은 중사자암의 미소를 보면서 때 묻은 삶을 한순간 털어낸다. 삶에 찌들어 흐느적거린 영혼을 맑은 햇살로 꾸덕꾸덕 말리고 싶다.

중사자암 석교

화려하게 치장되고 가식으로 덧붙여진 위선보다는, 어리석고 부족한 나의 본체 앞에서 당당해지고 싶다.

1992년도부터 속리산 자락에 촛불 하나 밝히고 계신 지륜 스님. 중사자암의 역사를 이야기할 때 떨리는 작은 목소리와 흔들리던 눈동자. 빨치산의 은거지로 내주어야 했던 운명적인 중사자암. 전쟁의 끝난 후 폐허가 된 암자에는 총탄 자국과 낙서가 즐비한데 그중 빨치산 대장 배동식이라는 글귀가 선명하게 쓰여 있었다고 전해 들었다는 이야기를 조심스럽게 뱉어 내고 있다.

현대사를 거칠게 넘어와 깊게 주름진 암자를 벗어나와 문장대로 향한다. 문장대(1054m). 그 장엄함 앞에 서 있다. 얇아진 구름도 문장대를 오르지 못하고 관음봉을 휘돌아 빠져나간다. 자연 앞에 인간은 얼마나 나약한 존재인가에 대해 절감하며 자연을 이길 수 없다는 간단한 진리를 새삼 느끼고 있다. 형상할 수 없는 광경이 펼쳐진다. 빠르게 빠져나가는 운무의 군상들 앞으로 군더더기 하나 없이 드러내는 장엄한 속리산 전경들을 바라본다.

문장대에 오를 때는 겸허한 마음으로 올라와야 할 것 같다. 탐착(貪着)스런 마음을 버리고 올라와야 할 것 같다. 힘들게 짊어진 허망을 내려놓고 가야 할 것 같다. 방하착(放下着)하라.

속리산 문장대

가을볕에
피멍든
암자

지리산 감로동천 천은사 상선암
능가산 가선봉에 걸린 내소사 청련암
덕룡산 꽃불 일봉암
마음 하나 피어나는 곳 중암암
서리 맞은 바람이 쉬어가는 함양 백운산 상연대
백양사 무문길 운문암
운무가 길을 잃은 두륜산 상원암
지리산 갑 천하길지 상무주암
지리산 벽소명월 원통암
추월산 물매화 마중 길 보리암
사자산 묘덕암 가는 길

# 지리산(智異山) 감로동천(甘露洞天)
# 천은사(泉隱寺) 상선암(上禪庵)

천은사 상선암

목련존자가 무간지옥으로 떨어져 고통받는 어머니 영혼을 구하기 위해 오미백과(五味百果)로 공양한 후 기도하여 어머니를 구제했다는 우란분회(盂蘭盆會) 백중날, 물기를 가득 머금은 물안개가 자욱한 전남 구례군 광의면 방광리 지리산 옥녀 산발형(玉女散髮形) 연지(蓮池) 자리에 신라 중기인 828년(흥덕왕 3년) 덕은 선사가 창건하여 천오백 년을 이어온 지리산 3대 사찰 중 하나인 천은사에서 일상을 벗고 상선암을 찾아든다.

사사찰의 화기를 누르기 위해 물 흐르듯 써 내려간 원교 이광사의 지리산 천은사(智異山 泉隱寺) 수체(水體) 일주문 현판 아래 댓돌이 반들거리며 속계와 불계를 긋고 있다. 가을 계곡물소리가 시원스럽게 들린다. 햇살이 가득 내려앉아 있는 연지 연꽃봉오리에 세워진 극락보전 안에서 고개를 들어 보면 두 기둥에서는 수달과 하마가 금방이라도 고즈넉하고 한가한 연밭 연못인 앞마당으로 뛰어들 것 같고, 성당 김돈희가 1922년에 써 놓은 주련이 한량없이 큰 공덕을 베풀고 있다.

소슬 빗살문의 어간문, 격자살문 협간문 위로 원교의 빛나는 동국진체가 제자인 창암 이삼만의 보제루 현판과 마주하며 묘한 대조를 이루고, 13마리의 용들이 꿈틀거리는 극락보전 법당에는 미소 띤 얼굴로 간절한 염원들을 들으며 불 밝히고 있다.

팔상전 뜰 앞 바위는 한 토막의 전설을 땅속에 묻고 떠난 석탑을 대신하여 우두거니 오가는 눈길을 붙잡고, 회승당 툇마루에 걸린 범종은 1778년 주조하여 긴 세월 견디어 오다 6.25 동란 때 총알이 관통하는 큰 상처를 입었다는 데 아물었는지 흔적을 찾을 수 없다. 다만 오늘

팔상전 앞 바위

도 변함없이 아름다운 소리로 지리산을 잠재우고 있을 뿐이다.

조선 후기에 평양 눌인 조광진, 한양 추사 김정희, 전주 창암 이삼만, 남도 원교 이광사로 일컬어지는 4대 명필 중의 한 사람인 창암이 죽기 3년 전 (1884년) 써 놓은 보제루 현판에서 창암을 읽고 있다. 친구 사귐이 늦고, 학문이 늦고, 후손이 늦다고 하여 삼만(三晩)으로 스스로 개명했으며 병중에도 하루에 천 자 글쓰기를 멈추지 않았고 벼루 세 개에 구멍 내고, 천 자루의 붓을 닳아 없앴다는 마구십연 독진천호(磨究十硯 禿盡千毫)의 옹골찬 의기가 걸린 보제루 현판 아래에서 흐트러짐이 없는 침묵 속의 천은사를 마주하고 앉아있다.

곱게 늙어가는 노부부가 힘겹게 다가와 옆에 앉는다. 할아버지는 걸음걸이가 불편하여 딸이 부추기고 온 것 같다. 젊어서 할머니는 할아버지랑 천은사를 와 보았는지 많이 변했다고만 하신다. 딸과 늙은 어머니의 이야기 한 대목을 엿듣는다.

"니 아부지는 내가 알아서 할 테니 걱정 말아라."

"요양원은 보내지 않을 것이다. 평생 살을 비비며 다섯 자식을 키웠다."

"한눈 한 번 팔지 않고 살아온 느그 아버지다."

"험한 고생고생 하다가 이제 살 만하니 늙고 병이 들었다."

"세상살이를 참 험하게 보냈다."

"온몸을 다해 자식들을 위해 평생을 살았다."

"그런 느그 아부지를 이제 늙고 병들었다고 요양원으로 보내야 쓰것냐, 조금 불편하고 힘들더라도 둘이 곱게 살다가 느그 아부지 하루 먼저 보내고 다음날 나도 느그 아부지 따라 가고 싶다."

할머니는 할아버지를 바라보며 알 듯 모를 듯한 미소로 80년 인생을 더듬고 있는 것 같다.

큰딸의 홀쩍이는 소리가 극락보전 앞마당을 가득 채운다. "느그 어렸을 때 건강하게 잘 되게 해달라."고 몇 번 왔었다면서, 구부정한 몸을 일으켜 법당으로 향하는 노부부 뒷모습을 더는 바라볼 수가 없다. 노 부부는 무엇이 저토록 간절할까. 먹먹해진 가슴을 추스르지 못하고 일어나 염재 송태회가 힘 있게 써놓은 수홍루 현판 아래를 빠져 나와 상선암으로 향한다.

안내판이 없는 산길을 겨우 찾아 들어간다. 바람은 이미 여름을 조금씩 밀어내서 인지 서늘하다. 바위 위에 정좌한 느티나무 사이로 물길은 실핏줄처럼 흐른다. 지리산 반달곰 출현지라는 소름 돋는 문구에 온몸이 경직되어 쉽게 숨소리조차 낼 수 없다. 무겁게 한발씩을 내디딘다. 외로운 산길은 계곡을 따라 부드럽게 이어지고 있다. 산바람이 그나마 계곡을 넘지 못하고, 물 따라 내려가는 지점에서 계곡에 걸친 나무다리를 넘어간다. 촉촉한 야생화와 덕지덕지 붙은 푸른 이끼는 암자가 가까웠음을 암시하고 있다.

물먹은 길바닥에서 고개를 들어 보니 돌담 위에 가부좌를 틀고 있는 상선암 한쪽이 보인다. 묵직하게 짓누르는 검은 페인트가 왠지 낯설다. 암자는 조금 빛바래고 정갈한 얼굴이어야 더 정겹고 친근하게 다가오나 보다.

스님은 하안거를 마치고 마실을 나가셨는지 상선암을 비워놓아 오래된 느티나무가 반겨주는 평상에서 숨을 고른 후 천천히 둘러본다. 활짝 열린 상선암 정재소는 솥단지 하나 달랑 걸려 있다. 이미 온기는 오래전에 끊기고 들랑거리는 건 시암재에서 넘어오는 늦여름 바람뿐, 마당에는 휑한 늦여름 햇볕 한줌 들어와 주인을 기다리고, 요사채 문은 자물통을 단단히 채워 얼씬거리지 말라는 눈치다.

산죽 사이로 난 길 끝에는 이름 하나 달지 못하고 떨어지고 헤집어진 암자는 한겨울 바람을 막던 바람막이 비닐이 햇볕에 삭여 바람에 너덜거린 걸 보면 오래전에 수행자가 떠난 것 같다. 가부좌를 틀고 깊은 침묵으로 바윗돌처럼 굳은 화두를 붙들었을 옹골찬 수행자를 파고든 햇살이 찾고 있다. 암자 마당을 덮은 잡풀이 심하게 흔들거린다. 햇살만 창궐해서인지 더더욱 쓸쓸한 암자를 벗어나 금방이라도 부서질

이름 없는 암자

것 같은 상선암 툇마루 마룻장 사이로 가을 그림자가 스멀거린다.

하룻밤 묵어간 탁발승에게 수행이야기를 듣고 감명을 받아 28세 때 충남 서산 천장암에서 깨달음을 얻었고, 스승인 경허선사가 입적하자 두만강을 건너 간도지방에서 독립군과 조선백성들이 먹고 가라고 주먹밥과 짚신을 삼아 길목과 들판에 놓아두었다는 전설 같은 수월 스님의 흔적을 더듬는다.

북녘의 상현달(경허선사의 세 제자 중 남녘의 하현달 혜월, 중천의 보름달 만월)로 불리는 수월(水月) 스님(1885~1928년)이 1896년 이곳에서 수행정진 하다가 방광불사(放光佛事)한 감로동천 천은사 상선암 툇마루에서 긴 시간을 보낸다.

말이 없다. 부서진 상선암 마룻장사이를 요사채 앞마당 물 넘치는 소리가 침잠해진 절집 앞마당을 채우고 있다.

# 능가산(楞伽山) 가선봉에 걸린
# 내소사 청련암(淸蓮庵)

청련암 전경

안개가 변산 계곡을 가득 채운 시월 하순 아침나절, 첩첩이 포개진 내소사 사립문 앞 감나무는 서쪽에서 불어오는 가을바람에 칠월의 여름옷을 벗고 태양을 닮은 홍시가 오만하게 가을을 태우고 있다.

부처를 만나러 나온 사람들이 내소사 일주문 현판 앞에서 부산하다. 대웅전방향을 살짝 비켜난 일주문을 오가는 인파 속에 키 큰 전나무 사이를 비집고 가을볕에 붉게 물든 단풍나무가 한눈에 쏙 들어온다.

참 곱게도 곰삭은 곳, 여기에 들어오는 사람들의 모든 일이 다 소생되게 하여달라는 간절한 바람으로 백제무왕 34년(633년) 혜구두타(惠丘頭陀) 스님의 천년전설을 이어온 불가의 성지이자 관음성지인 능가산 내소사다.

골골 흐르는 냇가 건너편에 이승과 저승 사이를 연결해 놓은 돌다리를 넘어 부도 밭에는 탄허 스님이 해안 스님 비에 써놓은 생사가 이곳에서 나왔으나, 이곳에는 생사가 없다는 생사어시 시무생사(生死於是 是無生死) 법문을 보지 않고 어찌 내소사를 다녀왔다고 할 수 있겠는가.

울창한 비자림이 숲을 이루고 잎사귀 떨어진 백일홍이 수줍게 맞이하는 곳에 각양각색의 비림과 부도가 침묵 속에 가부좌를 틀고 있다. 치열하게 수행하다 살다간 흔적과 마주하고 돌아선다. 몇 개의 돌계단을 올라 내소사와 대면하고 있다. 용을 두른 당산나무와 부처의 가피를 바라는 팔순 어미의 미소를 닮은 3층 석탑에는 목탁소리, 법종소리, 죽비소리 배어있다.

봉황이 은산철벽을 날아 머리 숙였다는 법당을 나와 지혜와 자비를 보듬고 초의선사가 백제성왕 31년(553년) 가선봉 기슭에 내소사보다

내소사 일주문

먼저 산문을 연 청련암으로 간다. 비탈진 법당뒷길 밭둑에 핀 호박꽃과 눈 맞춤하는 도중에 붉은 홍시 몇 개를 들고 함박웃음 지으며 지나가는 수행 스님과 합장한 후 가을이 내려온 산길을 찾는다.

가을 산길이 외롭다.

홍시 몇 개와 땅에 엎드린 호박 몇 개가 그나마 마중하며 반기는 길이다. 대웅전을 단청하던 한 마리 관음조가 호기심 많은 사미승과 눈 맞춤하고선 피토하며 날아가 앉은 자리 관음전에서 붉게 물든 연잎 하나 바다에 떠있듯 내소가가 살포시 자리 잡았다.

금방이라도 갈매기가 연무를 뚫고 날아올 것 같다. 관음전 옆으로 난 샛길이 묵언정진 중이다. 다만, 빛바랜 이름 모를 야생화 한 송이가

청련암

탄허 스님 부도전 가는 돌다리

불어오는 산바람에 힘겨워하고 있다. 어린 나무는 노랗게 물든 잎사귀 하나를 붙들고 산길을 안내한다.

고창 만석군의 아들 인촌 김성수와 담양 선비의 아들 고하 송진우가 청운의 뜻을 품고 공부한 곳, 일제 강점기에 일경의 피검을 피해 숨어들던 독립군의 피신처이기도 한 암자, 초입에는 짙푸른 대나무가 옹골차게 서걱거리고 산문 앞 헌 식대에는 산주인을 위한 공양미가 조촐하게 놓여있다.

스님은 보이지 않고 법당 안은 지혜와 자비만이 가득하다. 무엇을 가질 수 있고 무엇을 내려놓아야 하는지를 어렴풋이 기억하지만 돌아서면 세속에 물들어버린 어리석은 삶이 평생 이어지는 게 산 아래 사람들 아니겠는가. 오늘도 욕망의 바다 속에서 진리를 구원코자 영혼을 담아 두 손 모아 경배하고 처마에 걸린 시구 중 마지막 글귀를 곱씹고 서성인다.

시문종성 척세음(時聞鐘聲 滌世音) 때때로 들려오는 종소리가 세상 소리 씻어낸다.

그래서일까, 누군가는 청련암 에서는 시인이 살만하고 지장암에서는 철인이 살기 좋은 곳이라고 표현했을까.

후두둑 가을비가 내린다. 깊은 산속 암자 마루에 걸터앉아 맞이하는 가을비가 메마른 가슴 속살을 적신다. 처마 끝에서 떨어지는 빗방울을 언제 보았을까, 빛바랜 흑백사진 한 장이 초가집 지붕 위를 타고 회한에 묻힌 초라한 심장을 향해 흐른다.

가을비 속에 검정고무신 미끄러질까 새끼줄로 동여매고 도롱태를 굴리며 온 동네를 쏘다니다가 아버지가 무서워 고양이처럼 살금살금 집에 들어가면 새까만 무쇠 솥 걸어진 부삭(아궁이)에서 엉성한 보리밥 짓는 어머니와 옷 말리고 있을 때, 아마 아버지는 문짝에 붙은 깨진 유리 틀로 해설픈 미소를 지으시며 "이제 다 컸구나." 를 되뇌며 바라보았을 것이다.

태산 같이 높기만 했던 아버지가 번개처럼 눈물 되어 뚝뚝 떠오른다. 추적거리는 가을비를 맞고 싶다. 후줄근하게 맞고 싶다. 부엌에서 등짝 두드리며 무쇠솥뚜껑위에 옷 말려주던 내 누이도 오늘따라 보고 싶다. 가을이 깊이 들어온다. 내 안에 꿈틀거리는 옛날 가을도 함께 꿈틀거린다.

# 덕룡산 꽃불 일봉암

일봉암 전경

산이 몸살을 앓고 있다. 마른 바람이 지나갈 때마다 늦가을 산허리에 만추의 색들이 도드라지게 빛나고, 나무는 형형색색 감긴 화려한 겉옷을 털어내며 뜨겁게 인고(忍苦)한 나신을 내보인다.

계곡을 휘감고 내려오는 가을 물을 거슬러 한적한 도로를 따라 가을의 흔적들 좇아오르다 보면 전라남도 나주시 다도면 마산리에 인도의 승려 마라난타가 영광에 불갑사를 창건한 후 384년(침류왕 1년)에 세웠다는 천년고찰 불회사가 연꽃 속에 자리 잡고 꽃불을 밝히고 있다.

부처가 모여드는 불회사 길 단풍이 화려하다. 전나무, 삼나무, 비자나무, 붉은 단풍나무, 은행나무, 느티나무, 그리고 힘주어 뻗어 올린 마석 줄기들과 엉클어져 있어 밟고 서 있는 것조차도 화려하다. 텅 빈 길이 성글게 내려앉아 있다. 단풍이 진 자리에는 화려함의 흔적만을 남긴 채 계절을 서둘러 보내고 있는 것일까.

400여 년 전 사찰의 사악한 부정을 막기 위해 세워진 석장승(중요민속자료 제11호)을 미소 띤 얼굴로 마주하고 법당으로 몸을 돌리자 단풍을 헤집고 들려오는 염불 소리에 몸을 추스른다.

아름다움과 부드러운 삶이 고정되어 있기를 바라는 어리석은 나를 돌아보고 있다. 아직도 한 줌도 되지 않는 가증스러운 영화로움을 꿈꾸며 허우적거리고 있다. 그것이 이제는 삶의 집착이 아닌 관습이 되어버린 것을 붙들고 법당에 들어와 치열하게 벗어내고자 몸부림치고 있는 것이다.

도량(道場) 안에는 붉게 익은 홍시가 여름 해를 토해 내놓았고, 산기슭에 우뚝 선 은행나무는 노랗게 물들이고, 대웅전 뒤뜰에 푸르른 비

**불회사 계곡**

자림과 동백은 노쇠한 불회사의 법당을 지키고 있다.

휘돌아 가는 산물을 따라 편한 마음으로 내려오니, 늙은 어미의 발걸음에 발을 맞추는 젊은 부인을 뒤따르며 삶을 돌아본다.

어느 해, 저 늙은 어미도 단풍이 화려한 날, 아장아장 걷는 딸의 발걸음에 사랑을 베풀며 찾아와 부처의 가피가 충만하기를 간절히 기원하였으리라.

그리하여 오늘, 그 딸은 늙은 어미를 붙들고 찾아와 오래오래 강녕하게 살아줄 것을 간절히 기원하고 돌아가고 있는 것이리라. 만추의 계절 앞에서 시려 오는 마음에 슬그머니 앞질러 가지 않을 수 없다.

다람쥐 한 마리가 머뭇거리며 산을 오르는 계곡 너머에는 한 무리 사람들이 눌러대는 셔터 소리가 요란하다. 늦가을을 붙들고자 하는 사진작가들의 예리한 눈과 피사체를 향해 두리번거리는 광 렌즈의 우람함에 쪼개진 가을 햇살이 멈칫거린다.

짙어진 가을을 뒤로하고 가만히 산길을 오른다. 가파른 산길에는 운무가 노란 은행잎을 누르고 있다. 가을 짙은 산길이 조화롭다. 목덜미로 타고 흐르는 땀방울이 거칠어진 산길을 말해준다. 하늘을 치솟는 산새들 소리가 고요를 깨우고 지나가는 낯섦의 마중이 소란스럽다.

골짜기를 타고 흐르는 바람을 보듬고 앉아 흐르는 구름 떼를 쫓고 있을 즈음 무리 지어 내려오는 등산객들의 얼굴에 핀 붉은 단풍잎 같은 미소를 바라보고 있다. 무엇이 저토록 해맑은 미소가 번지게 할까?

덕룡산 연화대를 타고 오르며 집착 하나를 털어냈을 뿐인데 사람들의 미소가 아름답다. 화석처럼 굳어버린 집착 하나를 벗고 편한 마음으로 덕룡산을 오르면 해맑은 미소를 볼 수 있는 걸까?

늦가을 햇빛이 물 푸른 나주호를 품고 있다.

하늘에 맞닿은 하늘 호수처럼 산 중턱에 걸려 가깝고 푸르다. 금방이라도 풋풋한 물 냄새가 풍겨 올 것 같은 나주호를 뒤로하고 곱게 펴진 산길을 오르자, 1403년(태종 3년) 나주 출신 원진국사가 불회사 대웅전 중건 상량식 때 산에 걸린 해를 붙잡아 두고 예정된 날짜에 상량식을 마쳤다고 하여 원진 스님이 기도했던 자리에 지은 일봉암이 처마 끝에 묶인 풍경 하나를 걸고 늦가을 햇살에 꾸벅거리고 있다.

산을 씻고 흐르는 바람조차도 봉해버린 암자, 구름마저 가두어 두고 싶은 걸까? 암자에 묶인 풍경 하나가 산을 깨운다.

"땡그랑~ 땡그랑"

**일봉암 무문관**

　굳게 닫힌 일봉암 일주문. 무문사관에 든 수행자들을 방해하지 말라는 무거운 자물통이 쇠줄로 폐쇄해버린 푯말이 서늘하다. 그림자조차 얼씬거리지 않는 암자는 서걱거리는 산죽 소리만이 간간이 정적을 깨울 뿐, 깊은 적요에 들어 산 아래 사람들을 조용히 거부하고 있다.

　일주문 주변으로 철조망을 둘러친 것을 보니 죽음을 불사하고 일봉암 무문관에 들어 수행하는 수행 스님들을 방해할 수 없어 문밖에서 서성거릴 뿐이다. 철 지난 장미 한 송이가 철조망 위에 붉게 피어 가부좌를 틀고 화두를 찾고 있는 수행자의 고단함을 위로라도 하려는 걸까?

　곱디고운 수행자의 흔적을 찾았기에 그나마 위안이다. 단풍잎이 곱게 물든 일봉암으로 늦가을 바람이 지나간다. 일봉암 처마에 봉해진 풍경이 덕룡산을 다시 한 번 깨운다.

　"땡그랑~ 땡그랑~"

# 마음 하나 피어나는 곳 중암암

중암암 대웅전

은해사 보화루 앞 계곡에서는 늦더위 여름을 쏟아내고 있다.

불보살의 보배로운 꽃 보화루에 추사가 써놓은 현판을 한참을 바라보다가 힘겹게 터진 산길을 오른다. 숲에서는 다람쥐 한 마리가 겨울채비라도 하는 듯 도토리 한 톨을 물고 가고, 바위를 가르고 떨어지는 비쩍 마른 폭포수는 힘이 부치는 듯 바람에 흔들리며 계곡물에 휩쓸려 떠내려간다. 산길로 흐르는 바람이 지나갈 때마다 단풍은 짙어지고 산은 헐거워져 여름날의 생채기를 조심스럽게 드러내고 있다.

나를 먼저 낮추고 가야 하는 수직 절벽 위의 암자.

신라 원효대사가 토굴을 짓고 수행정진 하던 터를 834년(신라 광덕 9년) 심지왕자가 창건했다는 중암암. 가을바람에 성글어진 산속으로 난 에움길을 더듬고 있다. 나뭇잎들은 형형색색 바람에 흔들리고 스산한 바람과 가을 햇살에 헐떡거리는 졸참나무 가지 위에 둥지를 틀고 새끼를 키우던 산새 둥지에는 아직도 솜털을 털어내지 못하고 긴장시키고 있다. 숲은 그렇게 생명을 낳고 키워내고 있지만, 우리는 숲에 들어와서야 숲의 소중함을 느끼는 것이다.

비구니 스님에게만 허락된 백흥암.

가을볕에 문을 굳게 잠그고 묵언에 든 암자 하나가 단풍잎에 가려져 있다. 사월초파일 딱 한 번 산문을 연다는 백흥암은 861년(신라 경문왕 1년) 혜철스님이 짓기 시작하여 그가 입적한 뒤인 873년에 완공되었다는 수행처에서 오가는 스님을 찾고 있지만, 엄중함의 경계에 있는 산사는 가을 채색만이 짙어진 잎사귀 한두 장만 떨어질 뿐이다. 굳게 닫힌 백흥암 보화루의 대문은 비구니 수행자가 가야 하는 올곧음과 범접할

**중암암 입구**

수 없는 엄숙함에 밀어내는 바람을 따라 돌아설 때 백석의 <여승>이라는 시가 머리를 스친다.

여승女僧은 합장合掌하고 절을 했다 / 가지취의 내음새가 났다
쓸쓸한 낯이 옛날같이 늙었다 / 나는 불경처럼 서러워졌다
평안도의 어늬 산 깊은 금덤 판
/ 나는 파리한 여인에게서 옥수수를 샀다
여인은 나어린 딸아이를 따리며 가을밤같이 차게 울었다
섶벌같이 나아간 지아비 기다려 십 년이 갔다
지아비는 돌아오지 않고
/ 어린 딸은 도라지꽃이 좋아 돌무덤으로 갔다

산山꿩도 설게 울은 슬픈 날이 있었다 / 산 절의 마당귀에 여인
의 머리오리가 눈물방울과 같이 떨어진 날이 있었다.

가을바람이 흩어진 단풍잎을 일으켜 길을 열고 있다.

길이 끝나는 곳에서는 욕심을 버려야 한다. 나를 먼저 낮추지 않고
서는 천년의 비바람을 견디어 낸 돌탑 앞에서 갈급(渴急)하는 마음을
어찌 내려놓을 수 있겠는가. 바위에 새겨진 삼인암(三印岩)에서 영천군
수 조재득, 원주판관(原州判官) 조재한, 고산현감(高山縣監) 조재리 삼
형제의 관인을 상징하여 삼인암이라 새겼다는 바위에서 또 한 번 나
를 추스르고 돌계단을 내려간다.

경상북도 유형문화재 제332호로 지정된 천년 3층 석탑 앞에서 오래
도록 붙들고 있는 불편한 한 자락을 긴 침묵으로 두 손 모은다. 한 바
퀴를 돌 때마다 가슴속에 붙들고 있는 간절한 바람 하나를 어렵게 내
려놓았다. 또 한 바퀴를 돌 때도 또 하나를 내려놓았다.

얼마나 돌았을까. 이제 내가 가지고 있는 바람이 하나도 없다는 것을
알았을 때 엄습해 오는 공포는 무엇일까. 식은땀을 닦으며 마음 하나
피어난다는 절집으로 가고 있다.

오직 비우고 들어가야 부처를 볼 수 있다는 돌구멍 절 중암암.

집착도 갈등도 없는 피안의 장소. 팔공산 밝은 기로 도량을 채워 밝
고 깨끗하다는 암자. 촛불 하나 밝혀 석탑에서 내려놓았던 모든 것을
되뇌고 있다. 붙들고 있는 세세함까지 모든 것을 투영하고 있다.

조촐한 욕심까지도 내려놓고 싶지만, 그 욕심마저 가지고 있지 않았을

때, 닥쳐올 공포가 두려워 연약한 탯줄 같은 욕심 하나를 붙들고 법당을 나와 관음전 앞에서 가을바람에 떨어져 나가는 단풍잎을 바라보고 있다.

열린 어간문으로 한없는 부처의 가피가 흐른다.

숨겨진 나뭇가지 하나가 드러날 때 머릿속에 들어오는 체로금풍(體露金風)의 한 구절. 잎사귀가 다 떨어져야 나무의 진실을 알 수 있듯이 나무는 잎사귀를 스스럼없이 비우고 있다. 마지막 잎마저도 집착을 버리고 내려놓는다. 그래야 내년 봄에 예쁜 꽃을 피워 한 톨의 열매를 맺을 수 있으리라.

한 뼘밖에 되지 않는 관음전 마당에서 심산한 마음을 위로한다. 수직 담벼락에 걸린 가을 햇살에 갈급한 마음 천천히 내려놓으며 결코 서두르지 않고 가난해진 맑은 마음을 가지고 내려온다.

# 서리 맞은 바람이 쉬어가는
## 함양 백운산 상연대(上蓮臺)

백운산 상연대

서리 맞은 나뭇잎이 서걱 거리는 시월 마지막 날, 경상남도 함양군 백전면 대방리 산길은 가을바람이 차곡차곡 쌓여 있다. 길은 산의 순한 곳을 택하여 외롭게 구불거리며 높고 낮음을 이어간다. 응달진 곳에서는 붉게 열매를 달고 독을 숨긴 천남성이 오가는 이를 희롱하고 있다.

신라 말 경애왕 1년(924년) 고운 최치원이 함양 태수로 부임하여 어머니의 기도처로 창건한 곳이라고 하니 천오백여 년의 세월을 버티고 이어오는 것을 보면 모질게도 질긴 터인가 보다. 계곡물이 흐느적거리며 바위 틈바구니를 더듬고 내려가는 가파른 산길을 쑤욱 들어간다.

1970년대 새마을 사업으로 마을 안길 포장하듯이 꽉꽉 다져놓은 시멘트 포장길에는 단풍잎 한 잎 떨어지지 않았고 머물러 있지도 않다. 단풍잎도 그곳에서는 씨앗이 싹틀 수 없기에 자신도 썩을 수 없음을 알았나 보다.

쑥부쟁이가 꽃을 피운 자리로 거친 숨소리를 연거푸 토해낸다. 항상 그렇듯이 암자를 찾을 때는 말하는 자체가 싫어진다. '어디서 새소리가 들리지 않을까.' '어디서 바람 지나가는 흔들림을 보지 않을까.' 하는 설렘으로 두리번거리다가 다람쥐라도 한 마리가 앞서서 가면 마음이 따스해지고 행복해진다.

하지만 오늘같이 독 오른 독사 한 마리가 소름 돋게 산길을 가로질러 훼방을 놓고 지나가면 온종일 독사가 눈앞에 어른거린다. 독사가 휘젓고 지나가는 누런 잡풀더미 건너에 상연대 표시판이 올곧게 피어 백운산에 자비의 촛불을 밝혀오고 있다.

계곡에는 큰 바위가 쉬어가라고 펑퍼짐하게 자리를 깔았다. 바위에 앉아 물 한 모금 마시고 비탈진 산길을 휘돌아 간다. 듬성이는 산죽 사이로 가을을 비켜나지 못하게 바람이 가로막은 오래된 돌계단을 휘돌아 오르고서야 상연대의 비좁은 마당에 들어온다.

사람 하나 비켜나기 어려운 앞마당에는 탁한 기운 다 씻어내고 상서로운 기운 분수처럼 뿜어져 산 아래로 흐르고 있고, 법당 안에는 향내음 가득한 관음보살의 자비가 가득하다.

제비가 날아가는 비연대(飛燕臺)에는 가을햇볕에 장독대가 옹기종기 모여 눈부시게 반짝거리고, 거북바위는 고개 숙여 공배(拱拜)하는 앞산 늙은 호랑이를 경계라도 하는 듯 고개를 쳐들고 있다.

상연대 표지석

스님은 요사채에서 보살들과 다담(茶談)이 무르익고, 원통보전에 걸린 풍경은 금방 들어온 바람에 파르르 몸 떨어 풍경소리 백운산을 채우고 지나간다.

그칠 줄 모르는 다담을 방해하고 싶지 않아 댓돌 앞 담장에서 고산심처(高山深處) 지리산 천황봉, 반야봉을 더듬고 내려와 맑은 바람 향기로운 산사의 종소리 머금은 묵계암에 서 있다.

1996년도에 은사 스님을 모시고 들어와 묵계암을 홀로 지키고 있는 비구니 성원(成願) 스님이 평상으로 내어온 산야초 차 한 잔을 마시며 스님이 들려주는 이야기에 취해 있다.

묵계도인이 토굴에서 수도 중에 인근 함양 유생들이 토굴 앞 계곡에서 기생들과 술판을 벌려 하루 종일 유희를 즐기고 저녁나절 가려는데, 밤새도록 길을 찾지 못하고 빙빙 돌기만 했다고 한다. 유생들이 그제야 묵계 토굴 앞에서 행한 잘못을 뉘우치고 용서를 빌었으나 도인은 잘못된 행위에 대해서는 용서할 수 있으나 이미 저질러진 업보는 용서가 되지 않는다고 하면서 길을 터주었는데, 그날 유희를 즐기던 모든 유생들이 그 업보로 단명을 했다는 소름 돋는 전설을 스님은 거침없이 쏟아낸다.

법당 앞 사천왕상나무는 단청조차 하지 못한 가난한 암자를 꿋꿋이 지키고 있다. 텃밭에는 시금치가 오늘저녁 스님에게 공양되길 간절히 바라고, 고랑을 사이에 두고 땅속을 파고든 탐스런 무는 금방이라도 김장독으로 들어갈 것 같다.

"상연대 가십니까?"

**묵계암 성원스님**

"상연대는 전라북도 변산에 있는 월명암 사성선원장 일오 스님께
서 월인 스님을 은사로 출가한 곳이지요."

스님의 미소를 본다. 하심함소(下心含笑)로 합장하는 원성 스님을 뒤
로하고 영원사사지 앞 좌호, 우호대장군 석장승을 지나 허물어져 가는
백운암 일주문 앞 폭포에서 가슴을 씻어내고 있다.

어느 해 어떻게 살다간 고승들인지 알 수 없는 몇 개의 부도가 죽은
꽃 피듯 파란 이끼가 듬성거리고, 허물어진 백운암 일주문은 세월의
부침을 이겨내지 못하고 있는 것일까. 초라한 일주문에서 망설이고 있
을 때, 늙어가는 현판 하나와 외롭게 눈 맞춤을 해 버린다. 몸을 밀어

넣는다. 대웅전 어간문은 그나마 열려 지혜의 등불을 밝히고 침묵 속에서도 담대하다.

산 끝 응달진 곳에 자리 잡은 산신각 가는 길은 휑한 바람이 먼저 낙엽을 먼저 깨우고 있다. 모두가 묵언 중이다. 오직 찾아온 길손 혼자서 침묵을 깨워 놓고 화과원으로 발길을 돌린다.

3.1 운동 민족대표 33인 중 한 분이신 백용성 선사(1864~1940년)가 선농불교를 일으킨 화과원 초입에서 땡감을 수확하는 중년 부부가 어렵게 따 놓은 홍시를 건네면서 이 시간에 화과원은 갈수는 있으나, 내려올 때는 어두운 밤길이 될 것 같다며 은근히 겁을 준다.

서리 맞은 바람이 화과원 길로 흐르고, 가을햇살은 응달을 피해 지나간다.

지천에 널린 쭈글쭈글한 붉은 땡감이 곶감이 되기를 바라는 걸까. 시인이 아니어도 가슴 터지게 노래하고 싶어지는 가을 오후, 화과원으로 가는 길에서 문득, 도종환 시인의 단풍드는 날 한 구절을 기억해본다.

가장 황홀한 빛깔로 우리도 물이 드는 날.

# 백양사(白羊寺) 무문(無門) 길
# 운문암(雲門庵)

운문암 입구

24절기 중 14번째 절기인 처서다. 땅에서는 귀뚜라미 등 타고, 하늘에서는 뭉게구름을 타고 내려와 더위를 처분하고 있다. 바람은 숲을 채우고 구름은 긴 그림자를 땅에 깔아놓고 힘겹게 산을 넘어가는 날, 백양사 입구에 피었던 들꽃이 아침저녁 가을바람에 심하게 흐트러진 잎사귀를 내려놓고 땅으로 돌아갈 채비를 하고 있다.

아주 오래전 다녀간 희미한 기억들을 더듬으며 사치스러운 길을 걷는다. 천사백여 년 전 백제무왕 33년(632년) 여환조사가 창건하여 호남 불교의 요람으로 1947년 만암 스님에 의해 우리나라 최초로 총림이 시작된 고불총림 백양사내 남 운문, 북 마하로 불러지는 운문암으로 가는 길이다.

등 굽은 소나무와 잘 어울리는 곡성출신 운암 조용민(雲庵 趙鏞敏)이 쓴 일주문 현판을 뒤로하고 출가한 운문암을 한없이 바라보는 무주당 청화 스님 부도를 둘러본 후 잰걸음을 재촉한다.

숲으로 하늘을 가린 길이 열려 있다. 물은 고였다 흐르기를 반복하면서 길을 거슬러 흐른다. 덩치 큰 나무는 고요하게 길을 지키고, 햇살은 나뭇잎 사이를 파고들어 누런 흙길에다 처서를 몰고 온 햇살을 뿌려 놓았다. 운문암 계곡과 천진암 계곡물이 만나는 쌍계루 연못에는 늦여름 말매미 소리만 '맴~ 맴~ 맴~' 채우고 있다.

루에서 포은 정몽주가 남긴 시 한편과 하서 김인후의 찬을 눈에 새기며 대웅전 뒤뜰 8층 세존사리탑(진신사리탑)을 돌아 나오니 몽연 김진민이 11세에 쓴 우화루 현판이 당당하게 맞이한다. 늙은 고불홍매는 돌담에 기대어 얇은 햇살에 꾸벅거리고 있지만 호남5매의 자존을 굳

**백양사 세존사리탑**

게 지키고 있음을 보고 나서야 운문암으로 간다.

약사암, 영천굴, 전망대, 백학봉을 거쳐 운문암으로 가는 길이다. 오
솔길 너머로 비자나무숲이 장관이다. 내려오는 사람도 없고, 오르는
사람도 없다. 오직 혼자 호사스럽게 지저귀는 산새를 찾고자 기웃 기웃
거리며 토해내는 숨소리만 적막함을 깨우고 산등성이를 오른다. 굽이
치고 휘어진 산길에서 혼이 빠진 즐거운 웃음이 터진다. 바람조차 멈춘
한료한 숲길이다.

흰 양이 환양선사의 금강경 설법을 듣고 깨달음을 얻었다는 약사암
이 깎아지는 절벽에서 키 큰 은행나무와 잘 어울려 있다. 삭도가 공양
간으로 들어오는 길목 종무소 평상에서 여름을 식힌다. 옛사람들은 산

190

짐승 한 마리조차도 오가기 힘든 길을 염원 하나 가슴에 담고 공양미를 머리에 이고, 지게에 짊어지고 올라왔을 것이다. 이제 인간의 지혜를 빌려 걸어둔 삭도가 약사암의 생명줄이 되었다. 비좁은 요사채 평상에서 한참을 머물다 그늘에 게을러진 몸을 일으킨다.

사랑을 품은 노란 마타리꽃이 다정하게 맞아주는 영천굴을 지나 키 작은 애기단풍나무, 갈참나무, 산죽, 화려한 독버섯에도 눈 맞춤하고 백학봉을 지나 내려오니 검푸른 이끼 폭포는 누구 하나 눈길조차 주지 않는 곳에서 차곡차곡 세월이 쌓인 청 이끼로 여름 물을 한 방울 한 방울 밀어내고 있다.

산그늘이 어눌해진 산비탈, 연한 흰색 가시여뀌꽃과 바위말발도리나무와 사위질빵꽃이 몽실거리며 암자 길을 마중한가 싶더니 나뭇가지로 얼기설기 만들어진 사립문이 무문수행자의 공간임을 말하고 있다.

왠지 범접할 수 없는 또 다른 세상 속으로 들어가는 것만 같다. "정진 중이오니 들어오지 마시오."라는 강한 메시지가 걸린 사립문 샛길타고 억지로 넘는다. 산물이 촉촉한 모퉁이 담벼락위로 몇 개의 돌계단을 오르자 운문암이다. 선원 방장 스님이 공양간 앞 평상에서 가로막는다.

하안거(夏安居) 기간이라서 암자 안으로는 들어갈 수 없으며 사진은 더더욱 안 된다고 한다. 평상에서 숨을 고른다. 구름도 쉽게 넘어가지 못할 것 같은 깊고도 깊은 산 끝자리에 들어선 암자. 감히 범접할 수 없는 곳이다. 한참을 머뭇거리다 돌아서려는데 방장 스님이 소림굴마루에 앉아 묻는다.

"운문암을 아세요?"

백양사 쌍계루

"조금은 알고 왔습니다."

왠지 낯설고 어색하다. 짧은 침묵에서 빨리 벗어나고 싶다.

운문암. 6.25 때는 빨치산 소굴로 이용되어 소각하고 내려가다가 군인들이 몰살되고 소각을 반대한 한 사람만이 살아남아서 평생을 이곳에서 증언했다는 경외스런 암자. 서옹 스님(1912.10.10~2003.12.13)이 좌탈입망(坐脫立亡) 자세로 구름문을 넘어간 암자.

나는 문을 굳게 걸어 닫은 선원을 왜 찾아 왔을까. 무엇이 부족해서 꾸역꾸역 찾아 왔을까. 흘러가는 바람과 구름조차도 이곳에서는 법문이지 않겠는가, 하물며 나침판의 침처럼 흔들리는 삶을 한 순간만이라도 고정시키고자 찾아 드는 것 자체가 법문이지 않을까.

조심스럽게 널 부러진 배낭을 둘러메자 공양주 보살이 물 한 병을 내민다.

"갑자기 차가운 물을 드시면 배탈 납니다. 뜨거운 물을 조금 섞어
  놓아서 드시기 좋을 겁니다."

붉은 엽차 물병을 받아든다. 이래서 운문암이구나. 왜 수행자들이 이곳에서 한철 수행정진하고 싶어 하는지 조금은 알 것 같다. 내가 올 때까지 불상에 도금하지 말라는 한 마디를 던지고 아직까지 오지 않으신 진묵(震默) 스님(1562~1633년), 오늘도 어머니를 위해 무자손 천년 향화지지(無子孫千年香火之地)에서 향을 사르고 있는 것일까?

운문암 구름문을 뒤로하고 쌍계루 연못가에서 차갑지도 뜨겁지도 않은 엽차 한 모금을 마시며 서옹 스님의 열반송을 끄집어내어 읽어 본다.

운문에 해는 긴데 이르는 사람 없고

설문일영 무인지雪門日永 無人至

아직 남은 봄날 꽃은 반쯤 떨어졌구나.

여유잔춘 반락화猶有殘春 半落花

백학이 한번 날 으니 천년동안 고요하고

일비백학 천년적一飛白鶴 千年寂

솔솔 부는 솔바람에 붉은 노을 보내네.

세세송풍 송자하細細松風 送紫霞


쌍계루에 잠긴 연못이 흔들리는 걸 보니 바람이 지나가고 있다. 목젖
을 타고 넘어가는 미지근한 물맛이 유난히 시원하다.

# 운무(雲霧)가 길을 잃은 두륜산 상원암(上院庵)

상원암 인법당

늦가을 비가 나뭇잎을 힘들게 한다.

나무는 단풍을 토하고 계곡은 가을 물을 토하는 장춘길은 언제나 정겹고 포근하다. 꽉 들어찬 나무 사이를 헤집는 가을바람, 그리고 길 가장자리에 비를 맞고 늘어선 나무들이 처연한 색깔로 눈부시다. 붉고 노란 단풍 사이로 동백은 더 곧게 서서 겨울을 보채고 있는 불지종가(佛之宗家) 대흥사 일주문을 지나 표충사 옆 호젓한 산길을 따라 상원으로 오른다.

개옷나무 주변에서 망개나무는 붉은 열매를 달고 화려하게 산을 토하고, 계곡물은 가을을 토하며 거침없이 내려온다. 가을과 겨울 사이에서 조금 남아 있는 가을의 잔재물을 가슴에 담고 꾸역꾸역 쏟아지는 늦가을 비를 도반 되어 고즈넉한 산길을 채운다.

걸음을 멈추고 뒤돌아본다. 멀지 않는 곳에 여류시인 고정희, 저항시인 김남주 생가를 더듬어 보지만 운무는 산을 숨기고 먼 곳도 숨겨 버렸다. 바람이 키워낸 숲으로 들어간다. 듬직한 은행나무가 노란 잎을 내려놓고 곧추 서 있다. 진불암이다.

거침없이 쏟아지는 가을비를 흠뻑 맞은 진불암. "이곳에서 진불이 출현할 것이다."라는 현몽을 꾼 영조 스님이 진불암이라 지었다. 1959년 청화 스님이 수행할 때 진불암 화기를 누르기 위해 파놓았다는 연못은 가을비를 채우고 있다. 돌샘에서 석간수 한 모금 마시고 진불암 초입 나무계단을 오르면 우측에 낙엽이 감춘 희미한 길 끝에 어미닭이 알을 품은 모계포란형(母鷄抱卵形)에 소담스럽게 중창된 상원이 소담하게 자리 잡았다.

비 그친 시간, 어리석게도 내려놓을 것을 알지 못한 채 모든 걸 붙들

상원 가는 길

고 가만히 법당에 앉는다. 8년간 대흥사 주지를 역임하고 상원으로 온 범각(梵覺) 스님과 암자를 채우고 있다. 현판은 상원암(上阮庵)이 아니고 상원이라는 현판을 먼저 이야기한다.

"원(院)자(字)가 집(庵)을 뜻하고 있어 상원으로도 충분합니다."

상원은 서산대사가 토굴을 짓고 치열하게 수행한 곳으로 이곳에서 대흥사를 삼재불입지처(三災不入之處) 만년불파지처(萬年不破之處) 종통소귀지처(宗統所歸之處), 즉 삼재가 들어오지 않는 곳이요, 오래도록 더럽혀지지 않을 곳이라고 보지 않았을까. 85세로 입적하면서 제자인 사명당 유정과 노묵당 처영에게 의발을 대흥사에 남기라 하여 1604년(선조 37년) 1월에 묘향산 원적암(圓寂庵)에서 입적 후 유품은 1609년에 대흥사로 왔다고 범각 스님의 세세한 설명이다.

"부처님을 뵙고자 하신 분들은 산 아래 법당으로 안내하고, 이곳
은 스님들의 수행공간이다 보니 특별히 볼일이 있어 방문하는 스
님들과 지인들 이외는 오지 않고 속가에 누구든 쉽게 만나지 않
게 됩니다."

범각 스님은 포근한 미소를 머금고 칼날 같은 죽비를 내리친다.

"부족한 것에 대한 갈증과 차오르는 욕망, 그것으로 인해 소중한
것을 잃어가는 현대인들을 바라볼 때 안타깝고, 모든 것을 물질
의 소유로 성취를 판단하는 세태가 씁쓸합니다."

맑은 차 한 모금이 꼴깍 넘어간다. 그렇다. 오늘도 소소한 행복을 간수하지 못하고 허황된 꿈을 좇아가는 내 모습이 초라하다.

법당 문고리 빗장에도 연꽃이 피어있다. "처한 곳이 더럽게 물들어

도 항상 깨끗함을 잃지 말라."는 처염상정(處染常淨)을 말없이 가르쳐 주는 상원이 안개 속에 고고하다. 부족하지도 넘쳐나지도 않는 운무를 헤집고 내려온다.

비 그친 가련봉을 바라본다. 북암과 두륜봉에는 단풍이 화려하다. 길 곁에는 편백나무가 비를 흠뻑 맞아서 피톤치드가 코끝을 자극한다. 이곳도 어김없이 오만한 등산객들이 계곡마다 자리를 차지하고 산주인 처럼 요란을 떨어서인지 온종일 새소리를 들을 수가 없다.

"새들이 떠나간 숲은 적막하다. 겨울산이 적막한 것은 추위 때문 이 아니라 거기 새소리가 없어서 일 것이다."

"새소리는 단순한 자연의 소리가 아니라 생명이 살아서 약동하 는 소리가 점점 우리 곁에서 사라지고 있다."

- 법정 스님의『새들이 떠난 숲은 적막하다』중에서

온 종일 검은 하늘 속에 숨어있던 햇살이 삐져나와 산 귀퉁이를 더 듬거리며 대흥사 법당을 빠져나간다. 침계루 돌담장에 끼여 누렇게 변 한 잡풀이 처량하게 흔들린다. 시나브로 가을이 물들어가는 두륜산, 조각난 가을햇살이 넘어가면 가느다란 지혜의 등불을 밝혀온 상원을 바라보며 범각 스님의 상원 자찬(自讚)이 떠오른다.

"맑은 날 법당 댓돌에서 바라보면 중국의 윈난성 샹그릴라 마을 과 비슷한 지리적 요건입니다."

때마침 떠나지 못한 연한 운무가 붉고 노란 단풍 위에서 길을 잃고 멈춰서 바람을 기다리고 있다. 그곳이 마음 한구석을 내려놓고 내려온 해맑은 상원이다.

# 지리산 갑 천하길지(甲 天下吉地) 상무주암(上無主庵)

필단사리탑

일천봉우리 푸른 골짜기 쪽빛같이 푸른데, 어느 누가 문수와 이야기 했다고 하는가. 우습다. 청량산에 수행자가 몇이냐고, 앞도 삼삼 뒤도 삼삼. 남북동서로 돌아가련다. 한밤중에 함께 보네 일천바위에 덮인 눈.
— 『상무주암 주련』

목우자(牧牛子) 보조 지눌대사가 문수보살의 지혜가 깃들어 있는 지리산 천년 송 붉은 기(氣) 토해내는 자락에 1198년 암자 터를 잡고 일주일을 춤을 추었다고 하는 경상남도 함양군 마천면 삼정리 갑 천하길지 상무주암을 가고자 새벽 댓바람부터 요란을 떨었다.

가을걷이가 갈무리된 영원사로 가는 산길을 따라 깊이 들어오면 산밭에는 미처 떠나지 못한 허수아비가 비워둔 어깨를 산새에게 내어주고, 밭둑 위에 널린 홍시는 지리산의 아픈 현대사를 붉은 피로 토해 놓았다. 낙엽들은 앙칼지게 불어대는 바람에 아무렇게나 흩어져 있는 것 같지만 가만히 들여다보면 낙엽도 자리에 있어야 할 곳에 가서 산을 채우고 있다.

먼 길에서 듣는 경쇠소리가 고요하게 산을 타고 흐른다. 산길은 서로를 위로하며 시작되고 발가벗은 원시림 숲을 헤치며 휘를 치는 산새소리조차 가슴 시리게 다가오는 영원사가 보인다.

서산, 사명대사 등 고승들의 흔적이 짙게 배인 곳, 빨치산 소탕을 위해 천년사찰을 불태워 오랫동안 쑥대밭이 되었던 영원사가 도솔암과 상무주암 중간에서 지나간 역사를 두려워하며 청매조사 부도탑이 근근이 영원사를 지키고 있다.

지리산 산물이 계곡바위를 때리고 내려온다. 앙칼진 산죽이 무디어진 곳에 천년바위와 함께 푸른 주목이 서 있는 이 길이 빨치산 비트로

**상무주암 표지판**

이용되었다고 한다. 아마도 영원사를 야전병원으로 사용하면서 부상자를 보냈으리라, 어머니를 부르짖는 통곡의 소리와 살고자 하는 간절한 눈빛들을 상상하며 오르는 산죽비트가 빗기재까지 이어진다.

상무주암 표시판이 별이 되어 오랫동안 그 자리를 비추고 있다, 처음 찾는 여행자와 눈 맞춤이 뜨겁다. 산죽은 또다시 길게 뻗어 있고, 오솔길은 비탈이 심한 내리막길을 휘돈다. 넓게 펼쳐진 바위틈 푸른 소나무 사이로 흰 구름이 산턱을 휘감고, 민머리 반야봉에 이슬이 내릴 때 정낭 2개가 땅바닥에 누운 상무주암으로 몸을 밀어 넣는다.

어린송아지가 어미를 돌아보고 있다는 치독고모형(雉犢顧母形)에 자리 잡은 암자, 바람조차 돌담을 쉽게 넘어오지 못할 것 같은 범상치 않은 곳, 금강경 장엄분토에 나오는 응무소주 이생기심(應無所住 而生基心)에서 따와 부처도 발을 붙이지 못하는 경지 위에서 머무름이 없

**상무주암**

는 진리에 머물러 있다는 상무주 이름 석자를 원광 경봉(圓光 鏡峰) 스님이 묵직하게 써놓은 현판을 돌아 법당에 들어앉았다.

너무 많은 것을 가지고도 욕망에 마비된 삶을 어루만져 본다. 더 가지고 있지 못한 열등감에 사로잡혀 살아가는 삶을 되돌아본다. 끊임없이 서로에게 비교하고, 소유하고 있는 물질을 정량화하여 가진 것만큼 행복해질 것이라고 믿는 어리석음을 자문하고 있다.

법당 안에는 조선인 최초로 고등고시에 합격하여 판사로 활동하다 조선인에게 사형을 선고할 수밖에 없음에 회의를 느끼고 법복을 벗고 3년을 엿장수 생활로 고행하다 1925년 38세 나이에 금강산 신계사에서 출가하여 조계종 초대 종정을 역임한 효봉(曉峰) 스님의 친필 법어가 이 시대 화두 되어 법당에서 꾸벅거린다.

분별과 시비에 빠져들지 않고 　 / 불락이변거不落二邊去

도걸림이 없는 경지에 이르러 　 / 무착갈처도無着脚處

차별이 없는 사람을 만나니 　 / 홀봉무위인忽逢無爲人

그것이 본래의 너다 　 / 홀봉무위인忽逢無爲人


　암자 마당에 내려앉은 다석과 평상 하나, 이슬밭에 내걸린 빛바랜 승복 한 벌이 수행자가 가고자 하는 적정(寂靜)의 참 모습을 보여주고 있다. 스님은 처사 한 분이랑 해우소를 정리하셨는지 풍겨오는 냄새가 구수하다.

　담장 끝에는 각운 스님 사리탑이 처연하다. 목우자 지눌 스님의 법제자 무의자(無依子) 진각 혜심 스님이 쓴 선문염송을 그의 제자 각운(覺雲) 스님이 주석을 붙여 선문염송설화라는 책을 쓸 때, 지나가는 족제비 꼬리를 잘라 붓을 만들어 썼는데, 다 쓰고 나자 붓통에서 족제비 사리가 떨어져 봉안했다 해서 붙여진 필단사리탑(筆斷舍利塔)을 바라본다. 교만이 물처럼 흐르고, 오만이 산처럼 높아가는 나를 들여다본다. 다 내려놓고 싶다.

　문을 닫고 들어간 스님은 일심불난(一心不亂)의 삼매(三昧)에 들었다. 적요(寂寥)하게 가부좌를 틀고 앉은 암자로 바람이 정랑을 넘는다. 지리산 푸른 골짜기 문수보살과 이야기를 나누던 지리산 선승 두암 현기(斗庵玄機) 스님과 말 한 마디 붙이지 못하고 긴 침묵으로 하루를 보내며 솔잎을 토해놓은 산길을 내려가니 잠시나마 비워둔 산 밑 인연이 어느새 꾸역꾸역 차오른다.

# 지리산 벽소명월 원통암(圓通庵)

지리산 원통암

봄을 일찍 맞이한 벚나무는 화려함에 몸살을 앓다가 여름 한날 그 늘막으로 버티더니 가을이 온다는 소리에 그만 화개골에 붉고 노란 잎 사귀를 조금씩 내려놓고 있다. 백로가 지나간 절기는 속일 수가 없나 보다. 가을바람은 낮게 내리고 바람을 가르는 새들도 나지막이 벽소령 고개를 넘어 오간다.

계곡에서는 지리산을 타고 내려온 물줄기가 의신마을에서 무덥던 여름을 토하듯 쏟아내는 소리가 요란스럽다. 가을로 기울어진 햇살은 탐스런 열매를 갈무리하며 모든 것을 조금씩 내려놓고 있다.

경상남도 하동군 화개면 의신마을 빗점골 흐른 바위, 남부군 빨치산 총사령관 이현상이 1953년 9월 18일 최후를 맞으면서 전란의 마지막 자리로 남게 되는 청학동의 벽소령 고갯길 돌밭너머 선학포란형(仙鶴 抱卵形)[1] 자리에 원통암이 있다.

청허당 휴정 서산대사(1520~1604년)가 출가한 원통암을 중심에 두 고 지리산에서 18년을 수행정진 한 곳이다. 대사께서 수천 번을 오르내 렸을 길을 겸허한 마음으로 오르고자 애쓰다 이제야 오른다. 그게 도 리이고 예의이며 벽소령에 숨겨진 서산대사의 흔적과 원통암의 속살 을 그나마 더듬어볼 수 있지 않을까.

가을햇볕이 털어낸 밤송이와 뜨거운 해를 닮아가던 감들이 어지럽 게 내려놓은 돌길에는 이른 가을이 타고 있다. 세월의 무게를 견디어 온 먹감나무를 지나자 수백 년은 되었음 직한 느티나무가 반긴다. 편안

---

1    선학포란형: 학이 알을 품은형국

원통암 서산선문

한 마음으로 서늘한 바람이 머문 바위에서 한 무릎 곧추세워 팔 걸어 턱 고이고 벽소령으로 넘어가는 구름조각을 바라보니 산 아래에 실타 래처럼 엉클어진 인연 줄을 쉽게 내려놓고 있다.

굵은 땀방울이 등줄기에서 몽글거릴 때쯤 서산선문이 눈에 들어온 다. 벽소령를 향해 넘어가는 뭉게구름이 반드시 넘어가야 하는 돌계단 문턱을 넘는다. 비가 오면 흙이 패여 잔디로 흙을 보호하고 있다는 원 통암 뜰에도 노 스님도 모르게 마른 풀이 누워 있는 걸 보니 가을이 서서히 내려앉고 있음을 알 수 있다.

원통전에서 바라보는 전경이 가히 일품이다. 희고 흰 구름을 뚫고 고개 내민 백운산 정상이 원통암과 정확히 수평이다.

스님은 입술에 수포가 터져 초라한 행색을 어느새 살폈는지 "가슴에 불들고 있는 불덩이를 내려놓고 차나 한잔 하세요."라는 스님의 넉넉 한 미소와 걱정스러워 하는 모습에 울컥해진다.

위대한 법문을 듣고자 오는 것도 아니고, 훌륭한 글귀를 담고자 찾아

오는 것도 아니다, 이처럼 따뜻한 미소와 말 한 마디에 가슴은 뜨거워진다. 서산 스님은 수본진심 제일정인(守本眞心第一精進)이라고 했다.

자기지신의 천진스런 본래의 마음을 지키는 것이 으뜸의 정진이라는 선가귀감을 되새겨보며 찾아왔지만, 나를 아는 것과 나를 다스린다는 것이 얼마나 힘든 일인가. 스스로 욕망의 늪에 빠져 허우적거리고, 갈등하는 가슴앓이를 내려놓지 못하고 연거푸 대 여섯 잔을 받아넘겨도 스님은 말없이 차를 따를 뿐이다.

스님 뒤편 걸개에는 "어디에 있더라도 늘 주인이 되어 살라."는 수처작주(隨處作主)라는 당나라 선승 임제선사의 선시가 걸려있어 조심스럽게 말문을 열어 서예가를 물었더니 석도 유형재님이 원통암에 우연찮게 걸음 하셨다가 차담 중에 이 자리에서 써 주신 것을 걸었다면서 이야기는 이어진다.

위대한 법문을 귀동냥하지 않아도 된다. 힘든 일상을 말하지 않아도 된다. 말하지 않았으니 답을 기다릴 필요도 없다. 하루하루 살아가는 치열함을 되새기며 차 한 잔을 마실 수 있는 여유가 없었을까. 그냥 차탁 앞에 앉아 맑은 차 한 잔 나누는 넉넉함이 내게 필요했던 것일까.

스님의 일상을 듣고 있다.

"차도가 없어 산 깊은 곳에서 살아가기가 쉽지 않습니다"

산 아래 사는 사람들이야 왔다가 그냥 가면 되지만 이곳에서 살고 있는 노 스님은 삭도도 없이 최소한의 생활양식 조달도 힘이 든다고 한다. 이야기를 들으면서 한편으로는 이해도 가지만 그래도 차도는 개발되지 않았으면 하는 바람이 나만의 생각일까. 넉넉하지 않지만 초라하지 않는 원통암, 이처럼 쉽게 마음을 뺏겨본 암자가 많지 않았기 때문이다.

"벽소령에 초가을 보름달이 떠오를 때 무수한 별들을 바라보는
광경은 표현할 수 없습니다."

왜 벽소명월이 지리산 10경에 들어가는지를 알 것 같다는 어렵지 않
는 기억 하나를 끄집어내어 들려주신다. 산속의 가을 해는 어제와 오
늘이 다르게 짧아진다. 차담을 마치고 서산대사가 파 놓은 석수로 안
내한다. 맑은 물이 끊임없이 흐른다. 마룻장에서는 몇몇 사람들이 스님
을 기다리고 있다. 욕심 많게 나 혼자 스님을 붙들고 있지 않은가.

잔가지 잎사귀 하나 삐죽거림이 없이 단정하게 속계와 불계를 경계
해 놓은 나무 울타리를 산그늘이 막 지나고 있을 때, 산문 벗어나니 사
람이 가히 살 만하고 삼재가 없다는 의신동천(義信洞天) 계곡에서 여
름을 밀어내는 물소리가 아직도 요란스럽다.

# 추월산 물매화 마중 길 보리암(菩提庵)

보리암 입구

바람이 스산하다. 추석이 얼마 지나지 않는 날, 등 굽은 노송은 온힘을 다하여 산을 지키고, 산을 오가는 사람들은 가을볕에 몸살을 앓고 있다.

보조국사 지눌 스님(1156~1210년)이 지리산 상무주암에서 나무 매를 만들어 날려 보내자 한 마리는 송광사에, 한 마리는 백양사로 찾아들고, 한 마리는 스님이 누워 명상을 하는 형국이라 하여 와불산(臥佛山)이라고도 불리는 추월산 절벽 연소형(燕巢形) 불좌복전(佛坐福田)으로 찾아들어 보리암을 창건하였으나 정유재란 때 소실되었다가 1607년(선조 40년)에 중창하여 동학혁명, 6.25를 부대끼며 산 아래 사람들의 눈물과 한숨을 보듬어 준 천년기도 도량이다.

물이 빠져나간 담양호가 텅 비어있다. 철다리를 오가는 사람들이 텅 빈 호수에서 마음을 비우는 듯 담양호를 바라본다. 물기 마른 산길에는 엊그제 비바람에 떨어진 도토리가 지천으로 깔려 있고, 키 큰 참나무는 거칠게 할퀴었는지 낮게 불어오는 가을바람에도 파르르 떨고 있다.

산을 오르는 등산객들은 하늘 한 번 쳐다보지 않고 햇볕 가린 그늘에 발자국만을 찍고 지나가는 길 곁에 때죽나무가 열매를 주렁거리며, 산초나무에 기댄 채 가을햇살에 허덕거리는 된비알 길이다.

올망졸망한 바위는 많은 이야기를 담고 숨넘어가는 긴 역사를 말하고 있다. 이 길은 왜구들에게 쫓기어 오던 이름 모를 민초들이 하얗게 질린 얼굴로 모진 목숨 살고자 거친 숨 토하며 넘었고, 동학농민군도 새로운 세상을 갈망하고 넘었을 것이고, 남부군 빨치산 또한, 이 길이 유일한 생명줄인 줄 알고 넘었으리라.

억겁의 세월동안 피 흘린 역사를 묵묵히 지켜보았을 소나무를 지나

오른다. 뒤틀린 나무들 사이로 바람은 뒤틀린 틈바구니를 채우며 평지를 찾아 흐르고 있다. 추월산 등골을 타고 앉아 물 빠진 담양호를 내려다본다. 드러낸 속살이 조금은 초라하다.

멀리 절벽에 걸린 소담스런 암자로 들어간다. 번뇌 속에 진리를 깨닫기 위해 치열하게 수행 정진하는 보리암, 긴 고뇌와 번민을 벗어나 해탈을 갈망하는 수행처가 정갈하다.

활짝 열린 어간문으로 가을햇살이 가득한 문턱을 불전함으로 절묘하게 가로막았다. 깨달음을 얻은 부처가 아니면 어간문을 이용하지 않

담양호 전경

추월산 정상 물매화

겠다는 이 겸손한 스님은 어떤 분일까. 가을이 지나가는 날, 불그스레한 가을 물에 물들어진 이 암자를 지키는 주인은 누구일까. 덩그러니 털신 한 켤레가 햇살에 꾸벅거리며 부처를 지키고 있는 이 암자에서 수행하는 수행자는 누구일까.

온화한 미소 앞에서 긴 침묵으로 내려놓고 비워진 담양호에 빠져 들 무렵, 막 도착한 몇몇 등산객들이 찾아와 불전함에 공양미 값을 공양하였으니 공양미는 가져가서 밥을 지어 먹겠다는 것이다. 이 황당한 광경을 바라보고 있다. 참견을 해야 하나, 망설이고 있을 때 스님 한 분이 나오셔서 어지러운 광경을 설명한다. 타홍(陀弘) 스님이다.

가지고 간 작은 소망 하나 이루어지길 소원하며 법당 곁방에 은은한 차 향기가 스멀거린다. 타홍 스님은 백양사 운문선원에서 하안거를 마치고 이곳에 온지 얼마 되지 않았단다. "2달 동안 보리암 신도라고 하시는 분이 세 분 오셨습니다."라고 담담하게 이야기한다.

'비명이 터져 버린다.'

얼마나 가난한 암자인가, 하지만 스님의 얼굴에는 넉넉한 미소만 가득하다. 왠지 보리암을 닮아가고 있는 것 인가. 차담은 점심공양 시간을 한참이나 지나고 나서야 보여줄 곳이 있다면서 일어났다.

요사채 아래 좁은 계단 50여m를 내려가 절벽 돌산 동굴로 안내한다. 임진왜란과 정유재란 때 백성들의 피난처이며 동학군, 남부군 빨치산도 이 동굴에서 생명을 연명하였으리라 생각한다는 스님, 동굴에는 유리에 갇힌 관세음보살이 너무 초라하다.

스님은 이곳이 좋다면서 고래등 같은 기와집 한 채를 얻는 표정으로 한참을 자랑하며 미타굴(彌陀窟)로 부르고 있다고 한다. 불빛 한 점 없이 오롯이 햇살만이 밝혀주는 미타굴이다. 거추장스런 어떤 것도 가지고 있지 않다. 사방은 오직 묵언수행 중이다.

동굴 앞 돌밭 끝머리에서 시름거리는 느티나무 두 그루, 오래전에 멈추어버린 삭도, 처연한 보리암 속살을 보고 있다. 무엇 하나 만족함이 없어 보이는 추월산에 가부좌를 틀고 천년 호롱불을 밝혀온 보리암이다.

스님의 천진한 미소와 작별하고 보리암봉을 거쳐 추월산 정상에 오른다. 가을바람은 진즉이 지났는지 돌틈에 끼인 구절초는 조금씩 망가지고 있다. 오르막길과 내리막길에 푸른 산죽을 비집는 가을바람과 동행하며 오고 가는 이의 발걸음을 잠시 멈출 수밖에 없는 칼날 같은 암벽 길을 넘으니 희고 흰 물매화가 눈을 사로잡는다.

**미타굴 가는 타홍스님**

잡풀 사이로 듬성듬성 모여 있는 물매화, 누구 하나 보는 이 없어도 정갈하게 땅 밑을 차고 오른 푸른 꽃대는 몽글게 머금고, 거친 잡풀 사이를 끈질기게 헤집고 올라와 아침나절 가을해와 끝끝내 눈 맞춤을 하였으리라.

눈 마중한 물매화를 뒤로하고 내려와 보리암을 건너다본다. 타홍 스님이 아궁이에 근불을 지폈는지 푸른 연기가 산 아래에 퍼진다. 비워 둔 가슴에 또다시 간절한 소망 하나가 물 매화처럼 몽글거린다.

# 사자산 묘덕암(妙德庵) 가는 길

묘덕암 인법당

바람과 구름이 홀로 머무는 묘덕암으로 간다.

여름날 울부짖던 매미 소리와 밤새 휘몰아치던 소나기도 조심스럽게 빠져나간 텅 빈 자리에 몽근한 햇볕에 메말라 가는 엉겅퀴 한 송이가 붉은빛 도는 자주색을 토해내며 강건하게 물러나는 여름을 붙들고 있을 뿐, 길은 곧고 명징(明澄)하다.

장흥군 장흥읍 묘덕암(사)이다.

문수보살은 일체의 중생번뇌를 끊고자 오른손에 칼을 들고 대자대비의 지혜를 베풀고 있을까. 아니면 왼손에 청련화 한 송이를 쥐고 일체여래의 지혜와 무상(無相)의 지덕(智德)으로 제법(諸法)에 물들이지 아니하고 마음이 머무는 곳이 없는 곳으로 인도하는 묘덕의 모습일까.

어깃장처럼 돋아나는 마음을 붙들고 걷고 있는 길은 사부작사부작 걸어가던 옛길이 아닌 헝클어지고 흐트러진 채 심하게 생채기를 내고서야 가지런히 정리된 지름길이다.

둔중한 마음으로 길을 오른다.

생채기가 심한 산허리를 위로라도 하는 걸까. 가을 묻은 바람이 숲을 빠져나와 가볍게 등을 밀어댄다. 휘돌아가는 산모퉁이에서 삶의 돗자리를 바라보며 켜켜이 쌓인 어리석음을 기억한다. 부족함을 알지 못하고, 허기진 욕심에 더듬거리고 뒤척이던 몸부림이었다.

내려다보는 삶의 자리 자리마다 곡진(曲盡) 삶을 살고자 했으나, 슬프게도 붉은 꽃물처럼 핏물 드는 날이 더더욱 많았던 날들을 슬픈 상념 속에 있다가 하동지동 일어나 적요에 쌓인 반야의 그곳으로 들어간다.

장흥군 장흥읍 사자산(666m) 중턱에 자리 잡은 묘덕암(사).

묘덕암 가는길 엉겅퀴 꽃

 

연곡 종호 스님이 원래 장흥군 유치면 덕산리 돈지마을에서 유치 소림선원으로 창건한 후, 현 위치로 이거 하면서 묘덕사로 개명하였다.

묘덕암은 짧은 연대에도 불구하고 조선 초기 절첩장으로 되어 있는 전라남도 유형문화재 제327호 목판본 묘법연화경 1권, 2권과 전라남도 유형문화재 제328호인 불정심관세음보살 대다라니경 1책(1425년)을 보유하고 숨죽이듯 틀어 앉아 자비로 중생의 괴로움을 구제하고 왕생의 길로 인도하는 관세음보살을 모시고 있다.

인법당으로 가는 덧문을 밀고 들어간다.

모든 것이 정지되고, 모든 것이 그곳에 있는 듯, 자비를 쏟아내며 중생의 모든 고통을 알고 있다는 듯, 생채기 난 삶을 보듬고 찾아오는 이에게 대자대비의 마음으로 구제하고 제도하는 관세음보살 앞에 두 손 모아 삼배를 올린다.

회오리바람처럼 일렁이던 거친 삶 앞에 부족한 나와 진실로 교감하고 있다. 집착과 갈등 속에 파묻혀 작아지던 나의 성찰 없는 삶을 꾸짖는다. 부족함에서 오는 어리석음과 덧없는 분노를 털어 내고자 몸부림쳐 보지만, 결국은 내려놓지 못하고 또다시 옥죄어 오는 처참함에 무너지고 무너지는 나를 다잡고 있다.

나는 소망해 본다.

침묵 속에서 경건한 마음으로 나를 위한 기도를 하고 싶다. 어리석음과 티끌처럼 쌓인 분노, 차고 넘쳐나는 욕심을 법당에 쏟아내어 맑고 순수한 나를 만나고 싶다. 불안과 갈등으로부터 벗어나 웰니스 (wellness)와 같은 치유된 건강함을 얻고 싶다. 비록, 나를 위한 소망 하나를 얻지 못할지라도 만족하고 위로받고 싶다. 그리하여 새털처럼 가벼워지고 싶다.

다 털어내지 못한 삶의 흔적을 삭여내고 법당을 나와 가만히 스님과 찻잔을 마주하고 있다. 스님은 사자산에서 관세음보살을 모시고 있다. 어리석게도 "스님 사자산은 문수보살 아닙니까?"라고 묻는다. 스님은 다른 이유가 없이 한평생 관세음보살 앞에서 깨닫고 깨달아 오직성불하기만을 바라는 걸까. 아무 말씀이 없다가 겨우 꺼낸 한마디다.

"그냥 모시고 싶을 뿐입니다."

조용히 어리석은 질문을 거두어들이며 적어둔 청허당서산대사의 시한 구절을 더듬는다.

바람은 자도 꽃은 지고
風靜花猶落 풍정화유락
새소리에 산은 더욱 그윽하다
鳥鳴山更幽 조명산갱유
새벽은 흰 구름과 함께 밝아오고
天共白雲曉 천공백운효
물은 밝은 달 따라 흘러간다
水和明月流 수화명월류.

법당 앞마당에 가을이 꽉 찼다.

바람은 산으로 가고 댓돌 그림자도 거친 숲으로 이울자 댓돌에 남겨진 것은 거칠게 쓸어낸 대빗자루 흔적뿐이다. 스님이 쓸었을 티끌은 무엇일까.

"땅~그랑~ 땅~그랑~"

처마 끝에 달린 풍경은 가만히 있는데 산바람이 들어와 한 울음을 쏟는다.

풍경

겨울바람에
곰삭은
암자

내변산 산상무쟁처 월명암
대흥사 북암과 일지암
부처가 앉은 삼봉산 금대암
성수산 생왕처 상이암
운동산 천장지비 도선암
임금을 낸 여항산 성전암
조계산 병정봉 선암사 대승암
한 뼘 햇볕만으로도 족한 조계산 인월암
화엄사 소신공양 길 구층암
구름 위에 핀 연꽃 남해 망운암

# 내변산(內邊山) 산상무쟁처(山上無諍處)
# 월명암(月明庵)

월명암 대웅전

보지 않으면 분별이 없고, 귀로 듣지 않으니 시비가 끊어지네, 분별과 시비 모두 놓고, 내 마음의 부처로 돌아가리라. 부설거사의 열반송을 손에 들고 사성선원 토방에서 머뭇거리고 있다.

산 깊은 내변산 남녀치 매표소 주변 개옻나무가 붉은색으로 변해가는 걸 보니 가을이 내변산을 넘어가고 있다. 계곡물이 산 벚나무 한두 잎을 직소폭포로 내려 보내고 있는 산길 초입에서 불교 3대 거사로 불리는 부설거사(浮雪居士, 인도 유마거사, 중국 방거사)가 천삼백여 년 전에 창건하여 대둔산 태고사, 백암산 운문암과 함께 호남 3대 산상무쟁처[1]로 알려진 변산의 연꽃 쌍선봉 월명암을 찾아간다.

햇볕은 숲속에 겨우 내려앉아 가을을 태우고 바람은 잿빛바위를 넘어 키 작은 나무와 욕심 가득한 몰골을 요란하게 흔들고 지나간다. 눈에 들어온 능선이 부드럽다. 언젠가 저 능선을 기대고 살았던 것처럼 낯설지가 않다.

오래전 떨어진 낙엽들은 화려한 여름만을 기억한 채 오가는 이들의 발길을 친절히 붙들고 있다. 가파른 산길에서 자지러지는 숨소리를 진정시키고 늙어 굽어진 산길로 온몸을 밀어 넣으니 대팻집나무, 까치박달나무가 이름표를 달고 반긴다. 늙은 산 벚나무는 어린 서어나무를 보듬어 키우고, 서로 다른 나무들이 서로를 의지하며 산을 지키고 있는 모습이 정겹다.

쌍선봉을 뒤로하고 오솔길을 자박거리며 들어가자 잘 가꾸어 놓은

---

1  산상무쟁처:
    땅의 기운으로 인해 분별이 끊어지고 가라앉는 곳, 다툼이 없는 곳

월명암 보광스님

무, 배추, 고추밭 위에 긴 세월 견디어 온 암자가 모과열매를 주렁거리며 눈 맞춤하는 이곳이 부설거사와 묘화부인과의 삼생연분이 전해오는 월명암이다.

대웅전을 나와 천 삼백 년의 흔적을 더듬고 있을 무렵 점심공양을 마치고 나오시는 보광(普光) 스님과 합장으로 마주한다. 오전에 울력을 마치고 놓아둔 지게를 짊어지고 안내한 요사채에서 "이곳은 동해 낙산일출, 서해 월명낙조라고 하는 월명암입니다." 라며 국화차를 우려내며 차담은 깊어진다.

부설거사는 그의 도반인 영희, 영조 스님과 만행을 떠나던 중 만경 두능이라는 곳을 지나면서 구무원이라는 사람 집에서 하룻밤을 묵게 되었다. 두무원 에게는 묘화라는 딸이 있었는데, 부처님 곁에 피어 있는 연꽃 한 송이를 꺾은 죄로 벙어리로 이승으로 추방된 절세미인이었다.

부설거사가 비가와 며칠을 더 머물고 있을 때, 20년 동안 입을 열지 않던 묘화가 말문을 열더니 부설거사와 삼생에 걸친 인연으로 천생배필이라며 결혼해줄 것을 간청한다. 이에 부설거사는 이를 무시하고 떠나려 하자 칼을 들고 "불도를 닦아 중생을 구제하려 하는 분이 제 한 목숨 구하지 못한다면 장차 큰 뜻을 편다 하여 무슨 뜻이 있겠습니까?"하며 죽기로써 매달렸다.

묘화와의 인연 또한 거스를 수 없음을 깨달은 부설은 두 도반에게 부디 도를 이루어 자신을 가르쳐 줄 것을 당부하면서 헤어졌다.

부설은 묘화 사이에 두 남매를 두었다. 그리고 15년 세월이 흐른 뒤, 도반 영희와 영조가 찾아 왔다. "우리는 목표한 공부를 마치고 왔다."고

하면서 비아냥거렸다.

이에 묘화 부인이 말하기를 "그렇다면 내 남편과 두 분 중 누가 더 깊은 공부를 하였는지 한번 도력을 겨루어보라."고 하면서 병 세 개에다 물을 가득 담아 벽에 걸어놓고 그들에게 방망이로 병을 쳐보라 하니, 병이 깨어지면서 병 속의 물이 쏟아졌다. 이어서 부설거사가 남은 병을 치니 병만 깨어지고 병 모양을 한 물은 그대로 공중에 매달려 있다. 이를 본 두 스님은 아무 말도 못하고 서둘러 떠나버렸다.

부설과 묘화부인 내외는 남매를 데리고 지난날 공부하였던 변산으로 들어와 월명암 근처에 부설암을 지었다. 묘덕부인을 위해서는 묘덕암을 세웠으며, 아들 등운(登雲)을 위해 월명암 뒤에 등운사를, 딸 월명(月明)을 위해 지금의 월명암(月明庵) 자리에 월명암을 지었다고 한다.

부설거사의 이야기와 이곳에서 17년을 수행하신 부처님의 화신이라는 진묵대사 이야기로 차담이 무르익을 때 쯤, 대전에서 오셔서 하룻밤을 묵고 있다는 보살과 도반 되어 차담이 이어지자 커피를 내리신다. 절집 요사채에서 커피를 맛보는 것도 새롭다.

"묘화(妙花) 부인은 부설거사가 입적하자 아들 등운과 딸 월명을 출가시키고 묘덕암을 떠나 전라남도 장흥에서 보조선사(普照禪師) 체징(體澄)을 도와 보림사 창건을 마치고 보림사 공양주로서 삶을 사셨다면서 보림사에서는 매화보살(梅花菩薩)로 기록하여 조사전에 모셔져 있어 묘화로 고쳐 모셨으면 합니다."

이렇게 말씀하시며 국화차 한 잔을 목젖으로 넘기신 스님, 나 또한 흔들리는 스님의 눈동자를 피하고선 커피 한 모금을 꿀꺽 넘긴다.

채석강 노을

임진왜란, 항일의병, 여순사건 등 역사의 회오리를 한 번도 비켜가지 못한 암자, 사람 발길을 쉽게 허락하지 않으면서도 숨어들어 수행하기 좋은 곳에서 나는 오늘 무엇을 보고 있으며, 무엇을 바라고 있는가. 한 순간만이라도 깨어 있는 삶을 살 수 있을까. 수행자가 가고자하는 적정(寂靜)의 길은 어떤 길일까. 가난하지만 부족하지 않는 여유를 누릴 수 있는 마음의 안식처는 어디일까.

차담을 마치고 보광 스님이 최근에 발행한 부설전을 찾으러 사성선원으로 들어간다. 서옹 스님이 쓰신 사성선원 현판 아래에서 무겁고 힘겨운 욕심 하나조차도 내려놓지 못한 채 쌍선봉을 넘어온 산바람을 마사며 채석강으로 넘어가는 불덩어리와 마주하고 부설거사의 열반송을 읽고 있다.

# 대흥사 북암(北庵)과 일지암(一枝庵)

대흥사 전경

구곡구교 속에 자리 잡은 한국불교 종가 댁 대흥사를 찾아가고 있다.

해사 김성근(海士 金聲根, 1835~1919년), 원교 이광사(員嶠 李匡師, 1705~1777년), 창암 이삼만(蒼巖 李三晩, 1770~1847년), 성당 김돈희(惺堂 金敦熙, 1871~1936년), 추사 김정희(秋史 金正喜, 1786~1856년), 정조대왕의 사액 등 조선명필이 다 모여든 대흥사. 천년 삼재불입지지라 하여 서산대사의 의발(衣鉢)를 남긴 대흥사는 동쪽에는 장흥군 천관산이 지키고, 서쪽에는 해남군 화산면 선운산, 남쪽에는 해남군 송지면 달마산, 북쪽으로는 영암군 월출산이 대흥사를 호위하여 사천왕상이 없는 산사다.

금방이라도 봄비가 쏟아질 것 같은 날, 나무 끝으로 맑은 바람이 지나가고 구멍이 숭숭 뚫린 숲속에는 물안개가 멈칫멈칫 길을 잃고 허둥거린다. 계곡에서는 겨울물이 봄을 맞으러 내려가는 자지러진 소리를 외면하고 걸음을 재촉한다.

길 건너편 천불전 법당을 들려나와 북암 가는 길로 접어들자 이름을 알 수 없는 새들이 후두둑 둥지를 박차고 날갯짓이 요란스럽다. 세상으로부터 몇 발자국 떨어진 소나무 군락지 황톳길이 왠지 스산하다. 옛길에 묻혔던 돌멩이가 모나지 않고 둥글게 닳아진 걸 보니 이 길은 억겁의 세월을 둘러쓰고 뚫어진 수행자의 길이다.

수행자는 이 길에서 얼마나 많은 응어리를 토하고 몸부림치며 걸었을까. 구부정한 길을 따라온 바람이 앞서 가고 산중턱엔 구름이 가까이 있다.

빈 마음으로 아스라함을 뚫고 간다. 걸음을 멈추고 천상의 공주가

**북암 용화전 마애여래**

조각했다는 마애여래좌상이 있는 북암 용화전 문고리를 잡아당기자 삐그덕 소리에 눈을 뜬 마애여래는 찾아온 이유를 이미 알고 있을까. 뭇생각을 비워내며 조심스럽게 삼배를 올리며 새로운 지혜와 충만을 구하고 있다.

하늘에서 죄를 짓고 인간 세상으로 내려와 하루 만에 불상을 조각하여야 다시 하늘로 올라갈 수 있는 천동과 천녀. 떠오른 해를 만일암 천년수(千年樹)에 묶어 놓고 천동은 남쪽 바위에 음각으로 조각하고, 천녀는 북쪽 바위에 양각으로 조각하지만 먼저 조각을 마친 천녀는 만일암 천년수에 묶어둔 끈을 자르고 하늘을 올라가 버리고 천동은 오르지 못한 슬픈 전설이 전해지는 있는 북암이다.

풍수적으로 북암의 자리는 바다 게와 같은 형상으로 석불을 조성하면서 게의 오른발에 해당하는 서쪽에 삼층석탑을 쌓았고, 왼발에 해당

**북암 동삼층석탑**

하는 동쪽에 삼층석탑을 쌓아 바다 게가 움직이지 못하도록 하였단다.

　앞마당에서 산을 헤집는 흰 구름을 바라보며 긴 사색에 잠겨본다. 일상으로 스며드는 갈등, 그리고 알 수 없는 불안, 살아가는 모든 것이 치열하다. 이기지 못하면 일어설 수 없는 패배자 낙인. 분수를 알지 못한 탐욕의 곰팡이가 영혼을 덮어가고 있다는 것도 알고 있다. 하지만 치열한 세상을 이겨내고자 모른 척 하루하루를 살아가야 하는 슬픈 자화상이 민낯으로 다가온다.

　높은 것 같은데 낮고, 낮은 것 같은데 높은 두륜산 중턱에서 석간수 떨어지는 소리가 고요를 깨운다. 보통사람은 지세가 강해 하룻밤을 잘 수 없다는 북암. 스님은 출타 중인데 짖지 않는 황구에게 몇 마디 건네고 나서 북암 숲속을 빠져나오니 동 삼층석탑을 지나던 해가 일지암에 내려앉아 초의선사를 찾고 있다.

초의선사(草衣先師, 1786~1866년)가 1826년부터 입적할 때까지 40년을 기거하던 일지암은 1824년 39살에 암자를 세우고 당나라 시승 한산(寒山)의 시 금서자수(琴書自隨)에 "뱁새는 언제나 한 마음이기에 나무 끝 한 가지에 살아도 편안하다."는 시구에서 일지를 따와서 일지암이라고 지었다.

선사는 이곳에서 많은 다인들과 교류하였다. 그중 추사 김정희와 다산 정약용등 당대의 최고의 문인들과 교류를 하였으며 남종화의 거두 소치 허련을 가르치고 추사에게 보내는 등 많은 일화를 이곳에서 남겼다. 선사가 1866년 입적한 후 암자가 소실되어 방치되었으나 1979년 고증을 거쳐 여수에서 고택을 뜯어와 근대 3대 건축가 중 한 사람인 조자룡 박사가 설계를 하여 복원하였다고 한다.

기어코 비가 쏟아진다. 봄비 치고는 많다. 동백의 푸른 잎과 물기 묻

일지암 현판

은 마른풀, 앙상한 가지에서 떨어지는 빗방울이 참으로 어울리는 호사
스런 날이다. 얼굴로 튕긴 빗방울이 콧잔등에 걸려 간질거린다.

밑동이 통통한 느티나무는 아직 촉을 트지 못하고 봄을 더 기다려
야 하고, 길모퉁이 언덕에는 눈길 한 번 받지 못한 이끼 낀 바위덩어리
가 붉은 소나무와 함께 일지암 가는 길을 더 아름답게 한다. 평소에는
보이지 않던 사소하고 하찮은 나뭇가지까지도 더 사랑스러운 길이다.

일지암 초입에서 마주한 춘백은 휘어진 돌담 바닥에 붉게 토해놓고
봄비와 함께 처연하게 피어있다. 비는 조금 자지러지고 요사채 담장 안
에 갇힌 안개가 이슬비와 함께 몽환적 봄날을 이끌어 가고 있다.

안개를 발끝으로 밀어내고 적요한 법당에 들어 묵혀둔 염원 하나를
내려놓고 나오니 자우홍련사(紫芋紅蓮社)는 자줏빛 토란과 붉은 연꽃
되어 촉촉이 젖어 있다. 댓돌에서 사라진 당대 학자와 문인들의 흔적
을 바라본다. 순간의 삶조차도 진부하게라도 살아남아 긴 역사를 같이
하는 인연은 없나 보다. 인연에 얽매이지 않는 억척스러운 시간들만 암
자를 빠져나가고 있다.

지음(知音)과 같은 우정을 쌓아간 초의와 추사. 두 사람의 깊은 우정
을 기억하며 나뭇가지에 앉아 있는 뱁새를 기억한다. 초가지붕에서 떨
어진 빗물이 죽비 되어 내리치자 정신 줄 가다듬고 주변을 둘러본다.
담장 곁에 귀목나무가 초암을 힘겹게 껴안고 찾아올 뱁새를 기다리고
있는 것일까.

사립문은 두륜산 봄바람이 들고 나도록 엉성하지만 검박하게 암자
의 상서로움을 붙들고 있고, 추사의 부친인 유당 김노경(酉堂 金魯敬)

이 아들과 교류하는 선사의 인품을 알아보기 위해 이곳에 들렸다가 두륜산 유천에서 떠온 물로 차를 대접받고 선사의 인품을 알아보았다는 유천(乳泉)이 이끼 낀 돌, 물, 확을 넘쳐흐른다.

　다합(茶盒) 계단에서 연못에 발을 담근 자우홍련사 4개의 기둥을 바라본다. 비 온 뒤 안개가 자욱한 산방 풍경이 몽환적이다. 봄을 좇아 오는 풍경이 나를 여유롭게 한다. 물기 머금은 구름과 녹차 밭을 빠져 나가는 안개를 비비고 몇 명의 길손과 수런수런 이야기꽃을 피우며 암자를 내려와 법당의 문을 열고 무상(無常)의 진리 앞에 서서 어리석음에서 벗어나고자 길을 묻고 있다.

일지암 자우홍련사

# 부처가 앉은 삼봉산(三峯山) 금대암(金臺庵)

금대암

휜 구름 맑은 바람 오가는 곳에 노쇠한 모습으로 천년 세월 가부좌를 틀고 앉아 지리산에 새벽불을 밝혀주는 암자가 있다.

신라 무열왕 3년(656년) 행호조사(行乎祖師)가 창건하여 신라 도선국사, 고려 보조국사 목우자 지눌과 그의 제자 진각국사 무의자 혜심 그리고 조선 청허당 서산대사 등 고승들이 치열하게 수행했던 금대암이다.

금대암 입구에 지리방장 제일금대(智異方丈 第一金臺)라는 글귀가 오늘도 변함없이 삼봉산 초입에서 불 밝히고 있고, 가파르고 꼬불거리는 오솔길에 올라 도마마을, 다락, 논을 조망하기 좋은 곳에서 부푼 심장을 힘겹게 다독거리며 긴 숨 몰아시고 있을 때, 들꽃 향기를 머금은 비탈진 산에서 산새는 앙상한 나뭇가지에 앉아 침묵을 강요하는 듯 소리를 멈추고 지리산 한쪽을 응시하고 있다.

한눈에 들어온 다락논 사이로 실핏줄처럼 이어진 논길이 부드럽게 흐른다. 오래된 집으로 가는 길이다. 숨통이 터질 것 같은 길이다. 그래서 CNN이 선정한 한국에서 가봐야 할 아름다운 50선에 선정된 곳인가 보다.

한가롭게 도마마을 다락논 사잇길로 가을이 지리산을 넘어가고 있다. 지리산 천황봉과 중봉, 장터목이 도마마을 뒷산 창암산 너머로 희미하게 넘실거린다. 산으로 난 길을 걷는다. 오직 일상으로 찾아오는 깊은 갈등과 집착의 걸망을 짊어지고 힘겹게 오르고 있다.

안국사를 지나 널따란 광장 너머에 옛길을 타고 터벅거리니 금대다. 요사채 앞에는 방금 널어둔 너덜거린 승복이 겨울햇살에 야위고 있고, 햇살이 비켜난 듬직한 금대선원(金臺禪院) 현판은 진주지방에서 서예

가로 잘 알려진 은초 정명수(隱樵 鄭命壽, 1909~2001년)가 썼는데 그의 증손자가 해인사 원당암에서 부처의 제자가 되어 열심히 수행 중이라면서 질기고 긴 인연이 이어진 현판을 금옹(金翁) 스님이 일러준다.

늙은 암자가 헐떡거리고 있다. 벽은 터져있고, 지붕 위에는 빗물이 새는지 비닐포장으로 기와를 덮었다. 옛것은 사라지고 오래된 것은 사람들에게 불편하게 여겨 새로운 것이 자리 잡은 절집들이 많지만 금대는 그대로다.

금대로 구름이 끼어든다. 양심이 야위어가는 갈등과 걸망에 둘러맨 집착을 끼어드는 구름에 내려놓고 싶다. 어디서 씻겨 오는지 맑은 바람이 대숲을 깨우고 금대를 지난다.

물이 귀해 세 사람 이상이 머물 수 없다는 경외스러운 집에서 1,200

금대암 표지석

금대암 요사채

년 전, 눈이 이마에 쌓여올 때까지 죽음을 두려워하지 않고 수행 정진
한 진각국사 혜심 스님의 전설이 서린 나한전 옆 너럭바위는 하늘의
기운을 담고 검게 변하여 오래된 기억을 숨기고 있다. 봉황이 품고 있
는 무량수전 현판 앞마당에서 나한전 현판과 주련을 쓴 대구 서예가
의 천재로 일컬어지는 일사 석용진(一思 石龍鎭)이 썼다는 그림 같은
주련을 금옹 스님이 불편한 몸을 이끌고 설명한다.

무량수전 뒤 처마에 걸린 풍경은 염치없이 찾아드는 바람 때문에 소
리를 잃었다. 두 눈 부릅뜨고 수행자를 영접해야 하는 금대이기에 적
요를 강요하는 것인지 모른다. 오늘 안개가 심하여 아무것도 볼 수 없
다면서 "지리산의 모든 명칭은 다 부처의 세계에서 따와 붙인 것으로,
특히 제석봉, 천황봉이라고 붙인 것은 부처님의 신장인 제석천황(帝釋
天皇)에서 따왔고, 지리산의 모든 신은 금대암 부처에게 지극히 공배

(供拜)하는 형국으로 제석천황이 바로 앞 창암산(923m)의 창을 들고 부처를 지키고 있는 형국"이라고 한다.

왼쪽에서 흐르는 한신 계곡에는 천 갈래의 물길에 천개의 달이 떠 흐르고, 오른쪽 칠선계곡 물길에는 서산의 해를 품고 끊어질 듯 이어지는 깊은 세계 속으로 목탁소리가 고요를 타고 흐르고 있다.

지리산을 마주하며 수행자의 등불이 되어주는 집, 수많은 문객들이 오가며 화려한 자찬을 쏟아 낸 은둔자의 집을 법당 앞 늙은 전나무는 잔잎 하나 흔들리지 않고 나한전 뒤뜰에서 지혜의 불 밝히는 삼층석탑과 눈 맞춤하며 금대를 품고 있다.

요사채 쪽마루에 걸터앉아 조각난 햇빛에 몸을 추스른다. 바람은 창암산과 제석봉을 덮은 구름을 밀어내고선 푸른 대숲을 지나 소리 잃은 무량수전 풍경을 채우고 수행자를 영접하는 연화대(금대)로 흐르고 있다.

나한전 언덕배기 돌계단을 오른다. 한 계단을 오를 때 묵혀둔 집착을 내려놓고자 마른기침을 토하고, 또 한 계단을 오르면서 나를 가두고 있는 가혹한 욕심을 벗고자 고개 숙여 심장에 쌓인 욕심을 토하며 물결치듯 넘나드는 삶의 흔적을 더듬고 올라 나한전 주련을 더듬고 있다.

요사채 안에는 삼각대에 걸친 초대형 망원경이 턱하니 천황봉을 향해 눈을 부릅뜨고 있다.

"매일 아침이면 천황봉 해맞이 산객들이 찾아 듭니다."

도량석을 마치고 망원경으로 산객들을 보면 자신이 살아 있음을 인식하며 이곳에서 부처의 말씀으로 수행한다는 것이 더없이 행복하다는 금옹 스님의 얼굴에는 이미 부처의 미소가 피어 있다.

흰 구름 맑은 바람 스스로 오가고
백운청풍 자거래白雲淸風 自去來

서산에 해 떨어지자 동녘에 달뜨는구나.
일락서산 월출동日落西山 月出東

천 개의 강물에는 천 개의 달이 뜨고
천강유수 천강월千江有水 千江月

만 리에 구름 없어 만 리가 푸른 하늘이네.
만리무운만리천萬里無雲萬里天

금대암에서 본 지리산

　지리산의 여신이 금대의 남신을 향해 모여든다는 암자, 늙은 전나무
옆 푸른 대숲이 세월의 부침을 기억하는지 맑은 향기가 사무치게 파르
르 떨며 나한전 주련 속으로 사라질 때 부처가 앉은 곳을 향해 향불 하
나 피우고 두 손 모아 고개 숙여 깊은 경배를 드린 후 금대를 벗어난다.

# 성수산 생왕처 상이암

상이암 삼청각

얼음장을 품고 늘어선 나무들이 겨울을 견디기 위해 침묵 중이다.

산물이 연못의 빈틈을 비집고 떨어진 자리에는 올망졸망한 고드름이 맺혀있고, 먼지 하나 섞이지 않는 맑은 바람이 새벽녘에 뿌려놓은 눈 위를 훑고 지나가는 이곳은 여덟 명의 왕이 나온다는 한반도 제일의 생왕처인 전라북도 임실군 성수산이다.

신라 말 도선 국사가 현강왕 원년(875년), 아홉 마리 용이 여의주를 차지하려고 몰려드는 성수산 구룡쟁주형(九龍爭珠形) 자리에 도선암을 창건하였고, 태조 이성계가 왕에 오르기 전, 이곳에서 삼업(口業, 身業, 意業)의 청정함을 깨닫고 훗날 삼청동이라 글씨를 새겼다고 전하며, 태조 3년(1397년) 각여선사가 중수하면서 상이암으로 부르게 되었다는 암자 초입에 서 있다.

겨울이 깊어진 성수산에 봄볕이 아른거리면 땅 깊은 곳에서 새로운 생명이 피어날 것이고, 떠났던 산 주인들이 찾아와 산을 만들어갈 것이다. 그러다가 여름날, 장렬 하는 태양 빛과 잔인한 비바람을 견딘 후, 가을바람에 수줍게 붉어져 대지에 모든 것을 내려놓고 세찬 눈바람에 땅 깊은 곳으로 돌아가 다시 한 번 몽글어진 봄비를 기다릴 것이다.

생명이 있는 모든 것은 생멸의 법칙에 따라 움직이면서 가진 것을 다 내려놓고 돌아가고, 다시 태어나듯, 겨울이 깊어진 성수산 텅 빈 숲에도 또 다른 생명을 틔우기 위해 어김없이 혹독한 겨울을 이겨내고 있는 것이다.

오래전 이 길을 오가던 수행자들은 맑은 물, 맑은 바람에 육신과 마음을 씻고 이 길을 걸었으리라. 그리하여 모든 속박으로부터 벗어나 자유로워지고자 하는 간절한 해탈을 얻기 위해 치열하게 몸부림치며 오고갔을 길 위에서 21세기의 치열함을 살아가는 여행자는 무거운 갈등과 지친 일상, 피폐해진 속살을 맑고 향기로운 바람에 깨끗이 정화되기를 기도해 본다.

　산 그림자는 아침에 빠져나간 햇살을 더디게 따라가는지 아직도 눈밭에 걸려있다. 푸른 대숲을 거침없이 가로지르고 내려오는 계곡물을 거슬러 오르자 몇 개의 대나무가 눈바람에 힘들었는지 비스듬히 누워있고 계곡을 채운 산물은 한량없이 맑다. 바람이 휩쓸고 간 연못에는 희

**상이암 길**

뿌연 낮달이라도 떠오를 것 같고, 어젯밤에 머물렀던 초승달의 흔적은 채워진 물에 지워지고 다만, 대나무 이파리만 물속에 잠겨 있을 뿐이다.

산기슭에는 맑은 기운에 갇혀 동안거에 들지 못한 편백 숲이 시린 하늘 한쪽을 채워놓았다. 여름날 매섭게 울어대던 매미 소리와 숲의 향기를 기억하며 삶의 뒷면에 숨어든 또 다른 속살을 호젓한 산길에서 조금씩 덜어낸다.

짊어진 삶들을 충족하게 채우지 못할지라도 부족함에 감사할 줄 아는 것을 먼저 배워야 할 것 같다. 힘들게 지나온 날들을 훌훌 털고 벅차게 다가올 내일을 기대해야 할 것 같다. 덜어낸 자리에 돋아난 충만함에 벅찬 기쁨을 맛보며 무량수의 길을 걷고 있다.

산물은 끊임없이 쏟아져 내리고, 바람은 머뭇거리며 서서히 흐른다.

숲이 비워둔 자리에는 겨울이 차지하고, 봄을 기다리는 매화는 맑은 향기를 꼭꼭 담아 봄을 기다리고, 이끼를 눌러쓴 바위와 파랗게 물든 조릿대가 소박하게 오르막 계단을 지키고 있다.

길 끝에는 암자가 틀고 있다. 무량수전 앞마당에 120년 된 화백나무가 구룡쟁주형의 터를 알려주는 듯 아홉 가지를 뻗어 올려 마중한다. 가만히 법당의 문고리를 잡아당기자 삐그덕하며 긴장된 감성을 깨운다.

깊고 그윽한 깨달음의 무량수전에서 분별없는 어리석음과 욕심을 내려놓고, 부족함에 감사할 줄 아는 넉넉함을 기억하며 짊어진 모든 잡사(雜事)를 털어내고 나오니, 맑은 바람이 휩쓸고 간 하늘에 산새 한 마리가 빠르게 지나간다.

고려 태조 왕건이 대업을 이루기 위하여 백일기도를 올리고 못에서 몸을 씻다가 부처님의 영험함을 얻어 기쁜 마음으로 바윗돌에 환희담(歡喜潭)이라는 글자를 새겼다는 흰 바위가 정겹게 내려다보고 있고, 화백나무 곁에는 누군가의 간절한 염원을 담은 촛불 하나가 올곧은 지혜를 모으고 있다.

요사채에서 공양을 마치자 동효(東曉) 스님의 법문이 이어진다.

참 나를 찾아가는 법문에서 헤어날 수 없다. 참 나를 어렴풋이나마 느끼게 된 나는 지금 허공 속에서 맴돌고 있다. 마음의 종교 앞에서 참이 아닌 거짓된 나를 구별해 본다. 어떻게 살아가는 것이 참 나로 사는 것인지, 무엇이 거짓인지, 분별과 무분별의 경계를 긋고 있는 스님의 법문에 세속의 범부(凡夫)는 고개만 끄덕거릴 뿐이다.

싸락눈이 법당 앞에 오롯이 내린다.

태조 이성계가 백일기도를 드리고 심었다는 600년 청실배나무는 나목이 되어 묵언에 들어 있고, 몇 개의 부도는 고요에 묻혀 절간을 내려다보고 있다. 법당을 빠져나온 독경 소리는 적요한 성수산을 깨우며 흘러가고, 고진하게 맞이해준 상이암을 뒤돌아보며 합장으로 고개 숙인 후 내려오니 산죽이 때마침 휘청거리며 흰 눈을 털어 낸다.

푸른 산죽 잎에 하늘이 베일 것 같다.

# 운동산(雲動山) 천장지비(天藏地秘) 도선암(道詵庵)

도선암 전경

능청맞은 고목이 아픈 기억을 감춘 채 길 곁에서 아무렇지도 않게 산을 지키고 있는 순천시 상사면 비촌리 운동산 산길에 서 있다. 굶주린 호랑이가 엎드린 복호혈(伏虎穴) 목구멍에 옥룡자 도선 국사가 순천의 안녕을 위해 창건했다는 비보사찰(裨補寺刹) 도선암을 찾아 나섰다.

속살을 드러낸 산비탈 면에 밤나무 한그루가 뿌리를 드러내놓고 힘든 겨울을 근근이 버티고 있고, 발가벗고 봄을 기다리는 나뭇가지에는 살찐 산새가 앙상한 가지를 움켜지고 굴곡진 역사를 기억 속에 갇혀놓고 시름을 벗어내는 듯 앉고 있다.

오롯이 뚫린 산길이 매우 가파르다. 침묵을 강요하는 길 곁에 흐르다가 멈추기를 반복하는 도랑물을 거슬러 응달진 언덕배기를 한참 오르니 푸른 대숲에 천년세월 부처의 가피를 뿜어내는 도선암이 산죽 위에 걸려있다.

정갈한 암자로 발을 들여 놓는다. 등 돌려 앉아있는 요사채에서 법당으로 가는 길은 바람도 허락받아 가야 하는 성스러운 마지막 길이다. 댓돌에 벗어둔 털신 한 켤레가 집착으로 무장된 가슴을 해제시키고 청아한 풍경소리에 메마른 가슴속살을 위로받고서야 자만(自慢)이 사라진 작은 모습으로 왼발을 법당 안으로 밀어 넣는다. 땅의 비밀을 하늘에 숨겨 놓았다는 천장지비(天藏地秘) 도선암.

푸른 이끼는 대웅전으로 향하는 돌계단을 보듬고 오르고, 거칠게 다듬어진 계단 아래에는 떨어진 댓잎들이 누렇게 변해 운동산을 닮아가고 있다.

함평출신 남천 모찬원(南川 牟贊源)의 묵직한 글씨가 대적광전 현판으로 걸려있고 대웅전 마당 언덕배기에는 오래된 느티나무 4주가 사천왕수(四天王樹) 되어 법당을 지키고 있다.

바위를 쪼아 만든 석조(石槽)는 물을 채우고 있는 것이 아니다. 비우는 것을 먼저 배웠는지 아름다운 소리를 내며 넘어간다. 넘어가는 물은 어디로 갈 것 인지 미리 알고 억지 부리지 않고 바위틈새를 끼고나와 언덕으로 떨어지고, 법당을 넘어온 가피는 돌확에 채워져 얼음장 되어 굳어, 오가는 이들에게 한 겹 한 겹 벗어주고 있다.

법당의 문틈을 빠져나온 가피가 산죽을 덮고 흐르는 계단에서 순천만을 바라본다. 산들이 부드럽게 감싸고, 유유히 흘러가는 물길 사이를

도선암 입구

채우고 있는 것은 운무이고, 바람이고, 한스럽게 넘어가는 한숨이다.

광복 이후 도선암 목탁소리 끊어지자 1948년 10월 여순사건의 한복판에 들어와 험난한 풍파를 힘겹게 넘어온 순천시가 한눈에 들어온다. 순천의 남산인 주녹혈(走鹿穴) 인제산이 멀리서 달리고 있다. 일출과 일몰을 볼 수 있다는 곳에서 뒤돌아 몇 발자국 옮겨 굶주린 호랑이 코 끝에 걸린 마애여래를 지나 조사전 돌길을 오른다.

긴 숨 쉬면 마당 끝에 콧바람이 닿을 것 같은 마당 위에 조사전이 바위를 등지고 힘겹게 눌러 앉아 있고, 한조각 햇볕은 얼음 한 조각을 보

도선암 삼성각

듣고서 어젯밤 쏟아내는 겨울바람의 잔상을 지워간다.

스님의 염불소리가 산을 재우고 있다.

꽃창살 대웅전 문고리가 서늘하다. 삐걱거리며 문지방을 넘으니, 누군가는 서늘한 방바닥에 무릎 꿇고 간절한 염원을 담아 빌고 있다.

"보살님 오늘 무슨 행사 있습니까?"

사시공양을 올리고 나오는 보살에게 묻는다.

"오늘 스님 뵙기는 어려울 것 같습니다."

축원으로 시작된 염불소리가 천도제로 진행되고 있다.

맑고 청아한 경쇠 소리가 올곧게 자란 산죽 밭으로 파고든다. 산새가 푸드득 하늘을 날아 산을 타고 내려간다. 순천만으로 흐르는 깊게 패인 하천에서 찬바람이 불어와 벗어버린 나뭇가지 하나를 흔든다.

아~ 땡그랑, 땡그랑.

풍경이 암자를 재우고 있다.

# 임금을 낸 여항산(餘航山) 성전암(聖殿庵)

성전암

물 앞에서 멈춘 산은 호젓한 길을 만들어 소류지를 끼고 돌고 있다. 나무는 응달진 비탈면에서 뿌리를 드러낸 채 힘을 다하여 버티고 있고, 비바람에 부러진 소나무가 가지 하나를 비탈길로 늘어뜨리고 노란 솔잎을 한 잎 한 잎 떨어내고 있다. 묵직한 구름이 지나가는 계곡 사이로 겨울이 오고 있는 진주시 이반성면 장안리 오봉산 길을 더듬는다.

심장에서 퍼내는 숨소리를 거칠게 토해낸다. 고개 숙이면 코가 무릎에 닿을 것 같은 된비알 길을 타고 오르니 늙은 소나무가 보드라운 미소로 반겨주는 곳에 신라 헌강왕 5년(879년) 도선 국사가 창건했다는 성전암이다.

초입에는 600년 늙은 나무가 지나온 세월만큼 흔적을 드러내고 버겁게 암자를 지키고, 요사채 에서는 사시마시 공양을 하는지 흰 연기가 피어오르고 있다. 고요에 묻힌 암자를 깨우는 건 개 한 마리다. 심하게 경계하지 않는 걸 보면 절집을 지키는 개들의 본능이리라. 꾸부정한 공양주가 부엌문을 열고 나와 두리번거린다.

정갈하게 중창된 법당 어간문 앞에서 바라본 전경이 가히 일품이다. 중중첩첩(重重疊疊) 산 봉오리 비탈진 석축 위에 걸쳐진 성전암, 6.25 동란 때 소실되고 2010년 방화로 소실되었다가 2014년 복구된 암자를 둘러보다 도안(道眼) 스님과 마주한다. 성전암은 조선 14대 선조임금 다섯째 아들 정원군의 큰아들 능양군이 국난타개를 위해 100일 기도를 한 후 바로 조선 16대 인조대왕으로 등극한 기도처다.

조선16대 임금 인조, 인조는 임진왜란 피난길에 황해도 해주에서 태어나서 일까. 1617년 정묘호란, 1624년 이괄의 난, 1636년 병자호란 등

성전암길

백성을 3번이나 버리고 파천한 임금이다.

더욱이나 1637년 삼전도에서 삼배구고두(三拜九叩頭)의 치욕을 당했고, 장자인 소현세자는 8년의 인질에 풀려 돌아와 두 달 만에 의문사 하고, 며느리인 세자빈 강 씨에게 사약을 내려 사사하고 그의 손자 셋을 제주로 유배를 보내 2명을 죽음으로 몰았던 권력의 화신이기도 하다. 그런 능양군의 기도를 들어줄 수밖에 없었던 부처는 조선백성이 받을 고통을 이미 알고 있었던 것일까.

도안 스님과 천천히 법당 쪽으로 자리를 옮기면서 한담이 이어진다.

"몇해 전 풍수지리전문 교수가 법당 앞에 보이는 모든 산이 이곳 부처님을 향해서 공배(供拜)하고 있다."

고 하면서 명당 중에 명당이라고 했단다.

돌밭에 걸린 암자를 힘 있게 이야기한다. 그래서일까, 어간문 앞으로 오르는 계단을 만들지 않고 옆을 이용하도록 하여 공배하는 모든 산봉우리를 방해하지 않도록 하였다.

"내 생전에 법당을 두 번 지을 수는 없다."

며 성공 스님은 온힘을 다하여 방화로 소실된 암자를 중창하였다고 한다. 법당 열두 기둥 원목은 전국각지에 수소문해서 구해온 느티나무로 자연목을 그대로 세운 도량주식이다. 보드라운 나무 숨결을 어루만져 본다. 부처의 가피와 지혜를 담는 기둥이 되고자 수백 년의 세월을 살아왔다. 상처 하나 없이 발가벗겨진 채로 떠받치고 있는 12주의 기둥이 장엄하다.

하얗게 머금은 소금꽃과 자연석 주춧돌 타고 흘러내릴 물고랑이 이미 천년을 대비하였다. 가파른 돌산 위에 절제된 법당 한 채가 오롯이 자리를 잡고서 순간의 화려한 허망을 좇아 눈앞에 있는 소중한 삶을 놓치고 살아가는 우리들에게 가르침을 전하며 부처는 이미 깊은 선정에 들었다.

석축은 조화롭게 자리를 지키며 법당의 침묵만을 떠받치고 있고, 계단 끝 자에서는 법당을 지키는 북향화가 꽃심을 감싸고 소한과 대한의 차가운 눈바람을 겹겹이 담고자 삭풍이 몰아치는 겨울을 기다리고 있다.

정제되고 절제된 근설영춘화(近雪迎春化)는 온몸을 찢으며 북쪽을 향해 옥수를 피워 정갈하고 고고한 향기를 쏟아낼 것이다. 그리하여 법당을 기웃거리는 모든 이들의 증오와 집착과 욕심과 어리석음을 맑고 고운 향기로 덮지 않을까 하는 염원을 담아본다.

바람이 차갑다.

나한전 기둥에 걸린 호미가 불안하게 응달진 곳에 자리 잡은 곳으로 찬바람이 지나자 겨울텃새 몇 마리가 흔들리는 가시덤불 속에서 도란거리고, 산속에 나뒹구는 잎사귀들이 차가운 바람을 이겨내며 '싸그락'거린다.

　　"스님, 손가락이 왜 그러신가요."

　　스님이 넉살좋게 웃으시며 "아, 손가락 4개는 젊었을 적에 체인에 끼어 한 매듭씩만 남았네요."

　　가난한 세월을 몸으로 부대끼면서 살았던 젊은 시절을 상상을 하는

**성전암 무량수전**

260

지 얼굴에서는 알 수 없는 여운을 담고, 엄지와 접지 끝마디에 끼워진 물병과 함께 보여준다. 가슴속에서 쓰디쓴 물독이 내려가고 있다.

묵직한 고요가 흔들린다.

분별을 떠나면 속박이 없는 세상으로 들어가 가장 뛰어난 지혜의 진실한 법으로 들어간다는 화엄경의 한 구절 속으로 들어가 지혜의 법문을 간절히 찾아보지만 붙잡고 있는 집착 하나를 버리지 못하는 오늘이 아닌가.

햇살이 법당을 빠져 나오는 시간, 한 가지 소원은 들어준다는 법당 문지방을 넘어 긴 침묵에 빠져든다. 나는 지금 어떤 소원을 강요하고 있는가. 무엇을 이렇게 애타게 묻고 있는가. 삭혀둔 간절함이 법당에 가득하다.

# 조계산 병정봉(丙丁峰) 선암사 대승암(大乘庵)

대승암 전경

겨울이 무척이나 두툼해진 날, 선암사 초입에는 새벽부터 준비해온 온갖 약초와 푸성귀를 좌판에 깔아 놓고 조각난 햇살을 쪼이면서 푸성귀를 팔고 있는 어머니들의 손마디가 갈퀴발이 되어 눈에 박힌다. 스킨로션 한 번 바르지 못한 손, 바를 시간조차 허락하지 않는 세월, 손을 보는 것조차도 사치가 되어 버린 어머니들의 손은 얼마나 많은 세월 헤집었을까.

눈가가 가랑가랑해진다.

저 고귀한 삶이 있었기에 자식들은 세상에서 호사스런 삶을 영위하고 있을 것이고 치열하게 삶을 기초하고 있을 것이다.

그래서일까, 바람도 애처로운 듯 차마 멀리 가지 못하고 이끼가 듬성이는 불심 길 산 밑 돌담을 헤집고 있다. 조계산의 드센 화기를 눌러 선암사를 지키고자 조계산 백호자락 병정봉(丙丁峰) 꼭대기에 물독을 묻고 순천만 바닷물을 채워야 했던 선승들의 간절함이 묻혀있는 병정봉 줄기 끝자락 연꽃씨방에 자리 잡은 대승암(남암)은 여순 사건과 6.25전란의 불덩어리를 끝내 피해가지 못하고 소실되었다가 1999에 중창된 암자다.

삼인당 좌측 선각당 뒷길을 오른다. 널따란 산길에는 승보 종찰 송광사로 넘어가고자 산객들이 오밀조밀 모여들고 있다.

질척거리는 겨울 땅을 밟고 물소리 따라간 발길은 묵언에 잠긴 서부도전에 서 멈춘다. 집착의 짐을 벗고자 칼날 같은 화두를 붙들고 몸부림쳤던 수행자의 한 줌 기억이 아련히 묻혀있다. 다듬지 않는 자연석 위에 놓아둔 부도군을 보면서 땅 끝에 걸어둔 등불 미황사 부도밭을 기억하고 있다.

최근에 정리된 부도밭 돌담 밖으로 밀려난 자연석 부도가 비탈진 하늘에 홍시와 조화롭게 눈길을 사로잡는다. 글씨가 새겨지지 않았다면 언덕에 박힌 돌덩이거나 고인돌로 보였을 부도다.

스님들의 이야기에 의하면 불화를 그리던 화원으로 스님이 아니기 때문에 울타리 밖에 부도탑이 아닌 자연석 부도로 모셔져 있다고 한다. 살아서는 화려한 그림 속을 더듬다가 죽어서는 가장 따뜻하게 시선을 붙들고 슬픈 사연을 꼭꼭 담고 있는 부도에는 성윤 수좌사리탑 (性允首座舍利塔)이라는 명문이 선명하다.

이 부도가 선암사의 자존처럼 느껴진다. 화려하고 우람한 사리탑보다는 초라하지 않고 근엄하지 않으면서도 눈이 맑아지는 사리탑이다. 송광사 불일암 후박나무 아래 맑고 고운 향기가 흐르듯, 똑같은 향기가 또 한 번 정화되어 조계산으로 흐르고 있다.

차 밭둑에는 잔설 희끗거리고 길 건너에는 푸른 대밭이 묘하게 조화로운 대승암 길이다. 오래된 노거수가 차밭을 지키고, 바람은 묵언에 잠긴 오래된 길을 아우르고 지날 때, 나 또한 날선 마음 풀어놓고 곡선으로 흐르고 있다.

한가한 곳에 세워진 빈 요사채 툇마루에 걸터앉아 멀리서 들려오던 오래된 범종소리 귀 기울인다. 뚝뚝 벗어내는 고드름을 바라보며 집착의 짐을 벗고자 남몰래 몸살을 앓는다. 굳게 잠긴 건물이 침묵으로 누워 오직 한 사람만을 맞이하고 있다. 며칠 전 내린 눈이 마당을 가득 채우고, 문고리는 굳게 잠겨 사람이 없음을 말하고 있다.

성윤 수좌사리탑

　마룻장에서 일어나 급하게 굽이친 호젓한 길을 몇 걸음 걸어가니 산
으로 난 샛길 넘어 장삼 자락 흔들고 빠른 걸음으로 앞서가는 스님을
발견하고 뒤따르다 보니 불쑥, 동문입석에 걸린 대승암이 보인다.

　방금 전 앞서 오르던 스님이 승복을 벗어놓고 뒤뜰 찬물에 씻고 나
오는지 수건을 집어 들고 나오며 안내한다. 묵직한 대승암 현판이 범상
치 않다. 댓돌을 넘어 보안(甫眼) 스님과 차담이 이어진다.

　"젊은 시절 청화 스님을 시봉하며 수행하다가 운수행각(雲水行脚)
　의 수행을 거처 선암사 선방에서 이곳으로 온지 3년이 되어갑니다."

　"산 밖에 일이 있어 잠시 잠깐 일주문 댓돌을 벗어나서 몇몇 젊은
　이들과 대화를 나누고 왔습니다."

　"취직을 못한 젊은 친구들의 축 늘어진 어깨가 안쓰럽습니다."

찻잔에 차 내리는 소리가 요란스러운 걸 보니 스님의 속마음을 잠깐이나마 읽을 수 있을 것 같다.

미소가 가득한 스님에게 노리개 호두 하나를 선물로 드렸더니, 오래 전에 허리 굽은 신도께서 만들어준 거라며 보리수 열매로 만든 매우 귀한 염주를 건넨다. 스님의 거침없는 입담이 끊임이 없다. 스님이 되기까지의 고뇌와 수행자로 살아간다는 삶이 녹녹치 않았음을 느낀다.

벽에 걸린 죽비가 침묵을 꼴깍 삼키며 깨어난다.

"대승암 현판을 보세요, 범상치 않죠?"

"어느 분 글씨인지는 모르나 큰 대자에서 흐르는 묵직하면서도 당당함이 멋지다."

고 하면서 어느 도백이 젊었을 적에 이방에서 공부하여 사법고시에 합격한 명당 터라며 일러준 곳에는 오래된 주춧돌 몇 개가 자리를 무겁게 지키고 있을 뿐 바람이 휭하고 지나간다.

한때는 200여 명의 스님들이 4대 강백 앞에 귀 기울이고 치열하게 수행한 곳으로 1법당 7당이 있었던 흔적 들 중에서 맑은 물 한가득 채워진 석조와 암자 귀퉁이에 할 일을 마친 돌 절구통이 조각난 겨울 해를 담고 적막에 찬 대승암을 말하고 있다.

산그늘이 서서히 지나간다. 6.25 화마에 끝내 지켜지지 못한 대승암. 조계산 백호자락 화기가 합천 해인사 남산(매화산) 화기처럼 강한가 보다.

매화산(埋火山)의 화기를 눌러 해인사를 지키고자 매년 5월 단오날이면 해인사 스님들은 소금단지를 짊어지고 매화산 상봉 다섯 개의 구덩이에 소금을 묻어오던 간절함이 있기에 해인사는 화재로부터 지금까

**대승암 석장승**

지 지켜지고 있는 것일까. 오르던 오솔길로 그늘이 지고 있다.

짧아진 겨울해가 선돌 일주문을 비집고 내려간다. 수행자들이 오르던 옛길에는 오래된 고목이 누워 산을 지키고 있고 맑은 바람은 순천만 갈대숲을 넘어와 조계산 대승암 깊은 골짜기를 파고든다. 오늘도 변함없이 대승암은 적요(寂寥)하다.

# 한 뼘 햇볕만으로도 족한 조계산 인월암(印月庵)

인월암

수십 번 오가던 길인데도 주변 풍경은 늘 새롭다. 밭둑에 남아있는 잔설은 아침나절 햇볕에 몸을 말렸는지 힘이 빠져있고, 붉은 끝물고추가 널브러진 고추밭 고랑에 듬성듬성 쌓인 잔설은 물속에서 허우적거리고 있다.

몇 년 전까지만 해도 송광사 삼거리 부근에서 달구지를 끌고 나와 논둑을 손을 보던 할아버지가 최근 들어 보이지 않는다. 오늘따라 유난스레 삼거리에서 부터 두리번거리며 달구지와 할아버지를 찾고 있다.

그래서일까, 항상 포근한 길로 각인 되어 옛것을 더듬으며 지나다니던 송광사 초입에 웅장한 일주문이 최근 조성되었다. 왠지 낯설고 생뚱맞다. 오랫동안 뿌리내리고 봄을 태우던 벚나무는 크고 작은 뿌리를 잘린 채 길 옆 임시로 마련해준 빈 터에서 물 내린 몸뚱이를 헐떡거리고 있다.

그래도 승보종찰 가는 인연 줄은 끊임없다. 범접할 수 없는 송광사다. 산은 고요에 머물고 길은 포행의 자국만을 남긴 채 침묵에든 대가람 길을 조용히 사부작거린다. 새벽 추위에 꽁꽁 얼어붙어 소리조차 요란스럽지 않는 계곡물에 밤새도록 채워진 잡념을 흘려보내고 피안의 세계로 들어가고 싶다.

우화각 대들보에 걸린 송광사 유일무이(唯一無二)한 풍경은 소리를 멈춘 채 흐르는 물소리를 채우며 2명의 대국사가 나오길 간절히 바라고 있는 것일까.

집착과 갈등을 벗으라는 아자형(亞) 법당에 들어 오랜 시간 가슴 가득한 집착을 태우고 데워진 가슴을 추스르고 나와 고종황제 성수망육

(聖壽望六, 51세, 1903년)을 맞아 황실에서 편액을 내린 관음전에서 가피를 구하는 간절한 기도소리를 뒤로하고 뒤뜰 돌계단 위 불일보조국사 감로탑에서 경배한다.

언제부터인가 호남 3대 자존심이 되어버린 조계산 대승선종 송광사(曹溪山 大乘禪宗 松廣寺) 푸른 일주문 현판(장흥 가지산 보림사, 구례 지리산 천은사)을 넘어 인월암 길을 더듬는다.

댓잎이 유난히 푸른 가느다란 대나무가 새벽녘에 밀려든 북풍에 얼마나 시달렸는지 비스듬히 굽어 한적한 길을 경운기가 배추를 한가득 싣고 요란을 떨고 지나가고, 연거푸 배추를 싣고 트럭 한 대가 지나간다.

선암사와 천자암으로 오르는 삼거리 채마밭이 야단법석이다. 송광사에 머물고 있는 모든 스님들이 채마밭에 다 모였다. 2백여 명은 족히 될 것 같다. 스님들의 손에서 손으로 전달되는 배추를 자동차와 경운기로 실어 나르고 있다. 송광사 겨울은 채마밭에서 시작되고 있다.

"스님 송광사 김장은 몇 포기 정도 합니까?"

"매년 2천여 포기 합니다."

"방금 지나온 무밭에 무는 거두었더군요."

"무는 추우면 바람이 들고 얼어 버리면 못 먹으니까 지난주에 수확하고 잎사귀는 시래기용으로 말리고 있습니다."

장관이다. 처음 보는 대 울력이다. 밭에서 배추를 자르는 스님, 들어 올려주는 보살. 길게 늘어선 스님들의 손과 손을 거쳐 텃밭을 나온 배추는 경운기와 트럭에 차곡차곡 쌓여 조계산을 타고 내려오는 계곡물에 씻겨 김장으로 변해가는 대단위 김장 울력이다.

송광사 길 달구지

  밭둑에 서서 울력을 총괄하는 스님 눈길이 한 스님에게 집중한다. 아무리 일을 잘해도 일에 익숙하지 않은 분이 있듯이 스님 한 분이 바지춤을 자꾸 올린다. 스님의 울력솜씨가 시원찮다. 한 손으로는 자꾸 흘러내린 바지춤을 추스르고, 한 손은 배추를 잡고, 옆에 있는 보살은 손만 내민 채 멍하니 바라보고, 앞 스님은 빨리 받으라는 듯 재촉하고 있다.

  총괄하시는 스님을 힐끔 바라봤더니 스님도 웃고 계신다. 나도 모르게 피식 피식 웃다가 스님과 눈 맞춤해 버린다. 넉살 좋게 웃고 있는 내 모습을 보면서 스님도 하얀 이를 드러내고 웃음을 쏟아낸다.

  말을 하지 않아도 같은 마음으로 웃을 수 있는 자연스러운 광경 앞에서 나는 소소한 행복을 만끽하고 채마밭 윗길을 더듬는다.

송광사 김장담그기 배추걷이

편백 숲을 지나자 판와암으로 불렀다는 인월암이 희끄무레 보인다. 머슴이 해온 풀 짐에 산삼줄기를 발견하고 욕심 많은 주인이 독차지하고자 머슴을 속이고 찾아갔더니 모두 너삼방(황기)으로 변했다는 너삼방 터에는 민낯으로 반겨주는 암자가 한 뼘 햇볕만으로도 풍족한 듯 잔설을 녹여 처마 끝으로 뚝뚝 밀어내고 있다.

구산선사가 조계산 장막골 초당에서 손수 깎고 써 붙였다는 인월정사(印月精舍) 현판을 옮겨와 걸어두었다는 푸른 글 현판이 담장을 파고든 살찐 청단풍과 오가는 바람을 누르고 있다. 스님은 배추밭 울력가는 길에서 만났다.

"어쩐 일로 오시는지요?"

"지금은 울력중이라서 맞이할 수 없다."

면서 빠르게 내려가시는 스님이 성철 스님 상좌 스님으로 법명정도는 익히 들어왔던 원순 스님이었다.

암자 앞 바위 곁에 자란 오동나무가 곧게 자랐다. 맑고 향기로운 곳에서 자란 나무가 어찌 굽어지고 뒤틀릴 수 있으랴. 오동나무를 비껴난 한 뼘 햇볕이 앞뜰을 넘쳐흘러 돌담에 붙은 푸른 이끼를 말리고 있다.

담장에 걸린 바람이 분칠하지 않는 담백한 인월암 산언덕 인월송(印月松) 잎사귀에 달라붙는다. 산을 박차고 나는 산새 한 마리가 두껍게 두른 구름 사이를 헤집어 산그늘을 걷어내고 있다. 산사를 빠져나온 포행 길에서 가슴속에 새겨진 욕망과 허망을 실타래처럼 조금씩 풀어내며 길을 재촉한다.

# 화엄사 소신공양 길
# 구층암(九層庵)

화엄사 각황전

세상은 흰 눈으로 뒤덮이고 바람은 간간히 지리산을 넘나든다. 길바닥은 얼어붙어 동행을 거부하고 휑한 바람만 지나갈 뿐이다. 지리산자락 새벽 눈바람은 몹시도 거칠다. 밤새도록 민박집 창문을 두드리는 바람소리에 일어나 지리산 여의주에 자리 잡은 전남 구례군 마산면 황전리 화엄사 내 구층암을 만나고자 지리산 속살로 들어간다.

화엄사는 신라 경덕왕 때 8가람, 81암자의 대사찰로 남방 제일 화엄대 종찰이란 명성을 얻었으나 임진왜란 때 소실되었다가 1630년(선조 30년) 벽암선사가 중창하여 면면히 이어오고 오고 있는 지리산의 3대 사찰(천은사, 쌍계사)중의 하나다.

얼음장 속을 타고 내려온 계곡물이 덩치 큰 돌덩어리를 넘어가다 얼음꽃으로 계곡을 장식해 두었다. 몸을 숙여 고요에 머물고 있는 천년가람 속으로 들어간다.

빗질소리가 삼층석탑을 깨우고 있다. 꽃으로 왔던 흰 눈은 석탑을 덮어 보주의 끄트머리에서 합장으로 맞이하고, 산사를 뒤덮은 흰 꽃들은 바지런한 스님들 덕에 할퀴어 계곡 아래로 내동댕이쳐져도, 흰 눈은 치열하게 내려와 일상의 늪에서 허우적거리던 소소한 것들까지도 적요에 묻어 놓고 있다.

화엄사는 주불이 비로자나 이면서도 현판은 대웅전이다. 통상적으로 주불이 비로자나불이면 대적광전, 적광전이거나 비로전이라고 부르지만 화엄사 현판은 지역 벼슬아치들의 횡포를 막아보고자 조선 16대 임금인 인조의 숙부이며 광해군의 이복동생인 의창군 광에게 부탁하여 썼는데 대웅전이라고 써와 다시 써달라고 할 수는 없어 그냥 걸었

구층암 삼층석탑

다고 하니 군왕의 혈족과 사대부의 권위가 얼마나 대단했는가를 새삼
느낄 수 있다.

침묵하는 법당은 그만큼 늙었다는 것일까. 어간문 창문에 비치는 촛
불 하나가 천년의 어둠을 깨우고 있다. 새벽녘 목탁소리를 따라와 뒤틀
리고 짓눌린 삶을 어떻게 내려놓을까. 삼배를 올린다. 끝없이 이어지는
간절한 기도로 나의 내면을 들쑤시고, 뒤틀어진 마음 간절함으로 곱게
펴 맑아지는 고귀함을 찬미하고 싶다.

흰 눈이 정갈하다. 조선 숙종 때 계파선사(桂波禪師)가 장육전 자리
에 각황전을 중건하고 심었다고 해서 장육화(丈六花)라고도 하는 늙
은 화엄매가 검붉은 꽃을 숨기고 봄볕을 기다리고 있다. 매화는 청정

한 바람을 만삭이 되도록 품고 있다가 장엄한 꽃으로 내려놓을 것이다. 향기는 도량을 정화하고 한없이 산발치로 내려가 삼독에 찌든 속세의 모든 것을 정화할 것이다.

화엄사를 뒤덮은 눈구름이 빠져나가자, 구층암은 치열하다. 곧은 물푸레나무가 계곡암반을 끌어안고 버티듯 구층암은 알 수 없는 강한 생명력으로 나를 겁박한다.

의상대사가 신라 문무왕 10년(679년)에 화엄사를 중수하면서 터를 잡았다 하니 손가락으로 셈을 해보지 않아도 족히 천년세월 견디다 이제 꽃이 되어버린 암자.

눈에 들어오는 애잔한 석탑이 칼날처럼 매서운 바람과 눈, 빗속에서도 경건하게 서 있다. 몇 발자국 앞으로 다가가다 그만 발걸음을 멈춘다. 얼마나 잔인한 역사와 마주했기에 이렇게 처참한 몰골로 부처를 닮아 가고 있을까. 얼마나 더 감당할 수 없는 세월을 견디어야 부처가 되는 걸까. 깨지고 금 간 곳곳마다 슬프다. 날 밝은 대낮에는 차마 볼 수 없을 것 같은 석탑을 흰 눈은 꼬깃꼬깃 틀어진 지리산의 상처를 곱게 덮어 주고 있다.

천불전을 향해 발걸음을 돌린다. 참 조화롭고 아름답다. 그냥 어루만지며 천년을 느껴본다. 온몸으로 버티고 서 있는 모과나무 두 기둥이 절을 머리 위에 이고 있다. 돌을 품고 화석이 되어버린 모과나무는 무엇을 말하고 있을까. 그 자리에서 천년을 살다 혜안 깊은 목수의 간절함에 암자의 기둥으로 공양물이 되어야 했던 전설은 무엇일까. 이 깊은 산중에 심어 놓은 화엄의 본질은 무엇일까. 하나가 모든 것이니, 모든 것이 하나에서 오는 일체의 사상은 어디서 기원하는 걸까. 모과나무를 보면서 알 수 없는 상서로움 앞에 죽어서도 살아있는 행위를 보고 있다.

천불전 아랫단 모과나무는 원래 다섯 그루였는데 전쟁의 불구덩이에서 세 그루를 잃고 겨우 살아남은 나무가 더더욱 외롭다. 천불전 법당 지붕 밑에 거북이와 토끼 조각상이 투박하지만 정겹게 조각되어 있다. 토끼가 거북이등을 타고 수궁으로 가는 모습이 극락정토로 가는 반야귀선(盤若龜船)으로 불국토로 가는 모습을 형상화했다고 한다.

지리산 노고단에서 넘쳐 내려온 바람이 매섭게 각이 서 있다. 새벽부터 눈치우기 울력을 마치고 들어서는 스님께서 차 한 잔을 권한다.

구층암 모과나무 기둥

"정월 초하루 새벽 댓바람부터 찾아온 사람은 귀합니다."

오랜만에 새벽 손님을 맞이한다는 스님의 말씀이 참으로 정겹다. 차향이 사방으로 흐른다.

새벽녘에 찻물을 끓이는 스님의 손길이 참 곱고 느긋하다.

한 해가 시작되는 날, 절집의 꽃이 되어버린 암자에서 꽃술처럼 맑은 스님이 건넨 이슬 같은 찻물이 넘어간다. 또다시 찻잔을 채우는 소리와 새벽을 가르는 문풍지 소리만 들릴 뿐 스님은 말이 없다. 나 또한 말이 없다. 새롭게 시작되는 날, 견고해진 독선과 어리석은 경망으로 초라한 나를 살피며, 부족해진 여유를 찾고 있다.

새벽녘에 마시는 죽로야생차(竹露野生茶)가 온몸으로 스며든다. 계곡물 내리는 소리와 바람 소리가 문밖에서 요란하다. 함박눈이 세찬 바람과 함께 쏟아진다. 문이 열리자 팽팽히 날선 긴장감이 풀리면서 마지막 찻물이 목을 타고 흐르고, 나의 바람과 위로는 정화되어 흩어진다.

미혹에 결박되지 않고 맑은 믿음 하나로 성심을 다하여 암자의 기둥이 된 모과나무와 긴작별을 하고 대숲을 빠져 나오며 옛 사람들이 구층암을 노래한 한 구절을 기억하며 내려간다.

"절은 대숲에 있으며 누 앞으로는 긴 시내가 있어 대숲 아래로
소리를 내며 물이 흐른다."

라며 군더더기 하나 없이 그림을 그려 놓았다.

# 구름 위에 핀 연꽃 남해 망운암(望雲庵)

망운암 입구

남해를 숨 가쁘게 넘어온 겨울바람이 좁은 남해대교를 지나 산모퉁이를 지나간다. 큰 산을 기대어 살아가는 아랫마을 사람들이 오가는 길 따라 쉬엄쉬엄 오르면 산 밖으로 빠져나온 산물을 만나는 곳에 신라 신문왕 때(681년) 원효가 창건하고 고려 진각국사 무의자 혜심에 의해 중창되어 천년세월 남해바다를 밝혀주는 화방사(花芳寺)가 있다.

　　고려 고종 21년(1234년) 한번 불을 붙이면 꺼뜨려서는 안 되고, 꺼지면 다시는 불을 붙여서는 안 된다는 옥종자(玉宗子)에 불을 밝혀 1592년 임진왜란 때 불이 커진 이후, 불을 붙이지 못하고 보관하고 있다는 화방사 뒷길로 발걸음을 돌린다.

　　대숲에는 며칠 전 겨울밤을 심하게 보채더니 몇 그루 왕대가 계곡으로 누워있다. 잡목을 거둔 산길이 휑하다. 등 굽은 나무와 잡풀과 잡목을 베어내고 곧은 나무 몇 주가 산 아래를 지키는 산언덕에는 새소리

김장독

멈추고 목탁소리만 고요를 깨우고 있다.

　산에는 잡풀도 자라야 하고, 올곧게 뻗친 키 큰 나무도 있어야 하고, 가는 잡목과 텃새들이 쉬어가는 가시덤불도, 그리고 곱상하게 반겨주는 등 굽은 나무와 그 곁을 안개꽃처럼 받쳐주는 가느다란 나무도 있어야 한다.

　무슨 이유에서인지는 모르지만 반듯하게 정리된 숲에는 새들도 떠났고, 가슴을 닦아주는 산바람도 머물러 있지 않고, 산 그림자 또한 일렁거리지 않는 화방사 뒷산을 어수선한 마음으로 오른다.

**망운암 석조 일주문**

산 돌밭 언저리에 낯가림이 심하여 사람이 많이 다니는 야산에서는 쉽게 볼 수 없다는 노각나무가 힘들게 자란 흔적을 감춘 채 맑은 물 흐르는 계곡 옆에서 맑은 물 마시며 산을 지키고 있고, 검버섯 달라붙은 오래된 돌탑은 발길 끊긴 늙은 보살의 깊고 깊은 소원 하나가 또 쌓이길 기다리고 있다.

검푸른 남해바다가 출렁인다. 바람은 비워둔 너덜바위 사이사이를 꽉꽉 채우고 지나고 있다. 느긋한 발걸음은 어느새 무심(無心)으로 넘으면 중병의 고통에서 벗어나게 된다는 영험의 기도도량 망운암 석문 앞이다. 오직 적은 것과 작은 것에 만족할 줄 아는 소욕지족(所慾知足)의 마음으로 살아가고자 다짐하며 25개의 돌계단을 오를 때, 어느 책에서 읽었던 글귀 하나가 머리를 스치고 들어온다.

"진귀한 보배가 비처럼 내려도 욕심이 많은 사람에게는 만족하지 않을 것이고,(天雨妙珍寶 欲者無厭足) 비록 황금을 쌓아 산과 같게 한들 어느 한 사람도 만족하게 할 수 없다(若有得金積 猶如大雪山 一一無有足)."

이 글귀를 읽으며 탐욕으로 점철된 오늘을 살고 있는 내게 깊은 울림으로 다가온다.

남해의 진산 망운산 연화형(蓮花形) 자리에 고려 진각국사 무의자 혜심에 의해 불을 밝혀 남해바다 등잔불이 되어준 망운암에서 성각(成覺) 스님과 보살이 보광전 문창살을 바르고 있다. 새들이 찾아와 구멍 낸 법당 문창살 사이로 햇살이 파고든다.

요사채에서는 어젯밤 하루를 묵은 보살과 어린아이들이 마냥 기쁘고 즐겁다. 범종각 옆 응달진 곳에는 바지런을 떤 보살의 손 때 묻은 올망졸망한 장독들이 검붉은 빛 토해내며 곱게 익어가고 있고, 산을 찾아 길을 묻는 이들에게 성각 스님의 깨달음의 법문이 부드러운 곡선으로 30여 년간 선서화를 그려내고 있다.

길게 내려간 산자락 끝에는 올망졸망한 섬들이 조화롭게 망운암의 등불을 의지하며 살아가고 있다. 오를 때 보지 못한 등 굽은 나무가 넝쿨 잡목에 휘감겨 있고, 붉은 소나무, 물기 빠진 참나무, 듬성이는 노각나무 주변에는 산새들이 덤불로 무장한 잡목 속 둥지에서 낯선 발소리를 들었는지 혼비백산 흩어진다. 산은 계곡을 따라 길을 내고 그 길 끝에는 기와지붕 한 채가 담장에 갇혀 한눈에 쏙 들어온다.

돌계단 아래 수광암(壽光庵)이라는 푯말이 정갈하다. 짙게 눌린 응달진 차밭 길 돌계단 위에서 가볍게 탄성을 지르고 마는 실례를 범한다. 휘어진 기왓장 담장 안에는 바라만 봐도 안타까운 3층 석탑, 텅 빈 채마밭, 그리고 바지런을 떤 장독대에서 철저히 절제된 수행자의 흔적과 마주하고 있다.

온기를 느낄 수 없는 오래된 암자가 정갈하게 틀고 있다.

담장너머 계곡물 소리마저 대숲에 걸려 들어오지 못하는 소담스런 암자의 모습에 취하여 한참을 머뭇거리다 쪽마루를 가르는 햇살을 따라 언덕 위로 오른다. 무헌제(無軒齊)라는 당호를 걸고 있는 건물로 몇 계단 오르다 또 한 번 탄성이 나온다. 묻어둔 김장독을 낙엽이 수북이 쌓인 대밭에서 만났다. 깊게 묻힌 독안에서 묵은 김치가 곰삭고 있는 대밭으로 대숲바람은 무심히 지나간다.

**수광암**

"보살님. 암자에 스님이 계신가요?"

"인법당에 스님이 계십니다. 뵙고 가시지요."

무현제에서 내려다보는 암자 앞마당에 겨울이 무겁게 내려앉아 있
다. 곤줄박이는 서어나무 가지에서 낯선 인기척에 놀라 고개만 갸우뚱
거릴 뿐이다.

암자 평상에서 삶의 부침을 되새겨 본다. 욕심으로 움켜진 보석이 수
광암 댓돌 앞에서는 다 부질없이 부서지는 푸석돌이 아니겠는가. 일상
속에 흐르는 소소한 것에 집착하고 있지 않은지 한번쯤 고요에 깊게 내
려앉아 묵언 삼매에 든 수광암 평상에 앉아서 나를 돌아볼 일이다.

암자를 깨우고 싶지 않았다. 계곡물조차 다툼이 없이 숨죽여 내려
가는 암자담장에서 2015년 첫날, 검푸른 남해 연 밭을 지나온 바람에
게 오늘도 나는 길을 묻고 있다.